mare

… Sofort werden alle Netze gespannt
Die wie eine Stadt auf den Wogen treiben …

Oppian aus Kilikien, Halieutika, Buch 3

You consider me the young apprentice
caught between Scylla and Charybdes
hypnotized by you if I should linger
staring at that ring around your finger

Devil and the deep blue sea behind me
vanish in the air you'll never find me
I will turn your face to alabaster
then you'll find your servant is your master

The Police

1960

Wenn es Gott gab, hatte er diesmal einen Fehler begangen. Dieser gotteslästerliche Gedanke stand allen sechs Tonnaroti ins Gesicht geschrieben, die sich in der Bar Peppe Vino e Cucina zu dieser späten Stunde eingefunden hatten, als hätte sie jemand gerufen, aber so war es nicht. Die Thunfischfänger waren aus eigenem Antrieb hergekommen, durch die dunkle Nacht, selbst auf die Gefahr hin, sich einen Fuß oder das Kreuzbein zu brechen. In der allgemeinen Fassungslosigkeit mussten sie miteinander reden und Trost suchen. Der Fehler war geschehen, der große Fehler, und es gab kein Mittel dagegen.

»Es gibt gegen alles ein Mittel«, sagte jedoch Nicola Valenti, hüllte sich enger in seine Wolljacke und strich sich über den Bart. Er war der Älteste von ihnen, und alle hörten auf ihn, ganz besonders an jenem unglückseligen Abend, als niemand wusste, wie es weitergehen sollte.

»Er ist ausgeblieben. Er hätte nicht ausbleiben dürfen, aber er ist ausgeblieben. Nach vierhundert Jahren. Was für ein Mittel soll es dagegen geben?«, wandte Saro Vitale ein, der zu jung war, um mit Don Nicola in diesem Ton zu sprechen, aber es war eben eine außergewöhnliche Nacht, und deshalb musste man ihm die Unhöflichkeit verzeihen, dachten alle.

»Raìs heiratet bestimmt nicht noch einmal, und seine Tochter, wie alt ist seine Tochter? Zweiundvierzig, dreiundvierzig, also ist das heute Abend schon ein Wunder gewesen«, fuhr Saro Vitale fort, dann schüttete er ein ganzes Glas Wein auf einmal in sich hinein; noch nie in seinem Leben hatte er so lange am Stück geredet und musste sich deshalb erst mal davon erholen.

»Dann wird man wohl Martoranas Sohn nehmen«, platzte Agatino Spanò heraus, der immer laut aussprach, was er dachte, und es hinterher immer bereute.

»Und warum den Sohn von Martorana und nicht meinen?«, wollte Michele Santangelo wissen, der nie zurückstand, wenn er auch nur entfernt eine Möglichkeit witterte, mit jemandem zu streiten.

»Weil dein Sohn ein Trottel ist«, blaffte Toni Spagnolo, der von Natur aus ruppig war und sich nie ändern würde.

»Jetzt mal ruhig, ihr beiden, so kommen wir zu keiner Lösung«, sagte Nicola Valenti und erstickte den Streit schon im Entstehen. »Es muss jemand von seinem Blut sein.«

»Also der Fehler ist da«, erwiderte Tommaso Martinez, »diesmal hat sogar der Herr einen Fehler gemacht.«

Bei diesen Worten, die gefährlich an Blasphemie grenzten, legte sich Stille über den Raum. Die Fischer schwiegen eine Weile nachdenklich, mit gesenkten Köpfen, die Augen auf ihre Gläser und gleichermaßen auf die tragischen Aussichten einer trüben Zukunft gerichtet.

Es war ein Fehler, und zwar ein gewaltiger. Welchen Grund hatte Gott, sie so zu strafen? Schon Monate vor der Geburt hatten ihre Frauen so viele Kerzen angezündet, dass die Kirche taghell erleuchtet war, und so viele Rosenkränze gebetet, dass man daraus, hätte man sie aneinandergereiht, ein ganzes Netz für den Schwertfischfang hätte machen können. Und sie selbst hatten, wie Modegecken elegant in Samt gekleidet, die Trage mit der Statue des Allerheiligsten Gekreuzigten auf den Schultern die Stufen hoch- und runtergetragen, durch alle Gassen, dass ihre Rücken krumm wurden, und der Pfarrei drei riesige Thunfische geschenkt. Deshalb konnte der Herr nicht zornig auf sie sein. Und so war es bestimmt kein böser Wille gewesen, sondern ein Fehler. Plötzlich riss Don Nicola mit großer Geste sein Glas hoch.

»Trinken wir auf diese Geburt, auf die wir alle gewartet haben. Trinken wir darauf!«

Nach einem ersten Moment der Unsicherheit wurden weitere Gläser erhoben. Darauf schloss sich Peppe Vino e Cucina eilig dem allgemeinen Trinkspruch an.

»Herzlichen Glückwunsch«, sagte Don Nicola mit einem Blick durch den Raum, der demjenigen, der ihm zu widersprechen wagte, alles Unglück der Welt verhieß.

»Herzlichen Glückwunsch«, wiederholte er noch einmal feierlich, »auch wenn es ein Mädchen ist.«

Die Nachricht brach noch vor der Morgendämmerung über das Dorf herein. Sie senkte sich von oben darauf herab wie ein göttlicher Fluch, der sie alle bedrohte und jedem durch Mark und Bein bis ins Herz fuhr. »Er ist ausgeblieben«, hieß es am Hafen, auf den Booten, im Postamt, im Tabakladen und beim Sechs-Uhr-Rosenkranz. »Er ist ausgeblieben, diesmal ist er ausgeblieben«, hallte es von den Felsen, durch den Wind und die Wellen und sogar bis zu den Kieseln am Strand. »Er ist ausgeblieben«, raunte man überall auf der Insel mit einem Hauch von Bitterkeit und Unsicherheit, denn selbst wenn niemand Schuld daran hatte, trugen sie doch alle den Schaden davon.

»Der Herr ist gnädig, aber denkt daran, Aberglauben ist eine Todsünde!«, sagte Don Cosimo, der Pfarrer der Kirche Santissimo Crocifisso, in seiner Hilflosigkeit gegenüber den bestürzten Gesichtern der Fischer, die zu ihm in die Kirche gelaufen kamen wie noch nie zuvor. Man verlangte nach einer Erklärung, suchte seinen Rat, und so hatte die Geburt von Eleonora Greco wenigstens etwas Gutes.

Eleonora war ein nicht eingelöstes Versprechen; sie war das Kind, das als Junge zur Welt hätte kommen sollen, und das war ihr nicht gelungen. Eleonora war ein lebender Vorwurf; sie war das Kind, das man trotzdem lieben musste, aber das fiel nicht leicht. Eleonora war eine Mogelpackung; sie war das Kind, das sich an die Stelle eines anderen geschoben und das niemand gerufen hatte. In jener Februarnacht, in der sie geboren wurde, hatten die Tonnaroti erkannt, dass selbst Gott nicht unfehlbar war, an Eleonora klebte der Fluch der Insel, und niemand konnte etwas dagegen tun. Die Mutter Maria Lombardo, verehelichte Greco, hatte vor ihr bereits zwei Töchter bekommen. Die erste hatte man noch mit allgemeinem Wohlwollen begrüßt, schließlich blieb ja noch reichlich Zeit, die zweite schon mit Misstrauen, denn allmählich eilte es doch, und von da an wartete die gesamte Insel Katria jahrelang gespannt darauf, dass Maria Lombardo ein weiteres Mal schwanger würde. Jeder ihrer Stimmungswechsel wurde beobachtet, die Größe ihrer Brüste und die Breite ihrer Hüften wurden taxiert und Kerzen vor jedem Heiligen angezündet, auch vor solchen, die nicht für Empfängnis und Geschlecht eines Kindes zuständig waren, bis endlich die erlösende Nachricht die Runde machte, dass das Wunder geschehen sei, ganz sicher ein doppeltes, schließlich war Maria Lombardo schon zweiundvierzig, und, da Gott in Sachen Wunder bekanntlich keine halben Sachen machte, es diesmal ein Junge werden musste. Aber es kam anders.

Die Tochter des Raìs ließ zwei Monate ins Land gehen, ehe sie Eleonora taufen ließ, als könne man mit dem Aufschieben der Zeremonie auch das endgültige Eingeständnis der Niederlage hinauszögern.

»Für einen Jungen ist es jetzt zu spät«, sagte sie immer wieder zu den Verwandten, den Nachbarinnen, den Frauen der Insel, als ob sie durch unablässige Selbstbezichtigung wenigstens einen Teil ihrer Schuld abbüßen könnte. Die Frauen trösteten sie zwar, aber tief im Innern vermochten sie Maria nicht zu verzeihen, dass sie Unheil über ganz Katria brachte, indem sie ein Kind in die Welt gesetzt hatte, das ein für alle Mal ein Mädchen war. Als der Pfarrer ihr sagte, man müsse jetzt aber endlich eine Christin aus diesem Kind machen, denn Aberglauben mochte man ja noch hinnehmen, aber keine Heidenkinder, wurde als Patin eine ledige alte Cousine gewählt, die nicht mehr ganz richtig im Kopf war, anstelle des Raìs, dem eigentlich vorgesehenen Paten, wäre Eleonora ein Junge geworden. Dem gesamten Dorf blieb daher der Mund offen stehen, als Andrea Lombardo an jenem Tag im Sonntagsstaat die Kirche betrat, seiner dritten Enkeltochter das Kettchen mit dem goldenen Madonnenbildnis um den Hals legte und die gesamte Familie zum Festschmaus ins Peppe Vino e Cucina einlud, ganz so, wie es seine Pflicht als Taufpate gewesen wäre. Während an der Tafel das Körbchen mit dem rosa Taufkonfekt herumging, wandte er sich an seine Tochter, und zwar so laut, dass alle Anwesenden ihn hören mussten.

»Sobald das Kind keine Mutter mehr braucht, bring es zu mir, wie es beschlossen ist.«

»Ich soll es zu dir bringen? Aber es ist doch ein Mädchen.« Der Raìs von Katria sah daraufhin seine Tochter an, seine einzige, schöne und innig geliebte Tochter, die sich für einen Quell ewiger Enttäuschungen hielt, weil sie selbst eine Frau war und ihm zudem nur drei Mädchen geboren hatte, und verkündete: »Es steht fest, dass der Raìs von unserem Blut sein muss, aber dass es keine Frau sein darf, hat niemand gesagt.«

Dank Peppes geschwätziger Frau, die ebenso verblüfft war wie alle anderen Anwesenden, machten die Worte des Raìs bereits eine Stunde später die Runde. Keiner wagte, sich dazu zu äußern, aber es bildeten sich zwei ganz unterschiedliche Meinungen heraus, und die waren eindeutig: Entweder hatte der Raìs den Verstand verloren, oder er war ein Genie, denn nur ein Genie konnte auf eine so offensichtliche Lösung kommen.

Niemand hat gesagt, dass es keine Frau sein darf, überlegte der Raìs auf seinem Heimweg vom Taufessen.

»Buongiorno, Raìs.« Von jedem, an dem er vorbeikam, hörte er diesen Gruß, und er bemerkte durchaus die Ehrerbietung, den Respekt, das leichte Kopfnicken dabei, all das, was ihn beständig daran erinnerte, wer er war.

»Buongiorno«, erwiderte er, niemals ein Wort mehr oder ein Lächeln, nie schenkte er mehr außer der Kälte, die er für alle seine Mitmenschen bereithielt. Wie schon einige Male zuvor dachte er darüber nach, ob wohl diese Kälte vor vielen Jahren seine Frau ins Grab gebracht hatte, und er fragte sich, ob er in der Lage sein würde, sich zu ändern, damit es ihm mit der Kleinen nicht genauso erginge, wenn sie bei ihm leben würde. Von nun an kannte er nur noch ein Ziel: lange genug am Leben zu bleiben, um ihr alles beibringen zu können. Es gab keinen anderen Weg.

Ein uraltes Gesetz, das im kollektiven Gedächtnis der Insel verankert war, seit es auf Katria die Tonnara* gab, bestimmte,

* Die Elemente der Tonnara, des traditionellen Thunfischfangs, werden in einer Skizze auf S. 186/187 veranschaulicht.

dass der Raìs immer aus derselben Familie stammen musste, und das hatte der Insel seit Jahrhunderten volle Netze und damit das Überleben gesichert. Hatte der Raìs einmal keine Söhne, wartete man eben auf die Geburt eines Enkelsohns, oder man griff auf den Sohn eines Bruders oder Cousins zurück, Hauptsache, er war vom Blut der Familie Lombardo. So lautete das Gesetz, und wenn man es missachtete, würde das Unheil und Katastrophen über die Insel bringen. Doch diesmal gab es keine männlichen Nachkommen, nicht einmal Enkelsöhne oder Cousins.

Während er sein Haus betrat und seinen Sonntagsstaat ablegte, dachte der Raìs an jenen Winternachmittag zurück, an dem sein Vater ihn in der Muciara auf das Meer mitgenommen und ihm erklärt hatte, was Katria von ihm erwartete.

»Aus welchem Grund unsere Familie ausgewählt wurde, weiß niemand, und es spielt auch keine Rolle. Du wirst tun, was zu tun ist, wirst viele wunderbare Dinge sehen und andere, die dir nicht gefallen werden. Du wirst die Geheimnisse der Meeresströmungen erfahren und bewahren, das Gesetz, das die Thunfischschwärme durch die Ozeane in deine Netze treibt, die Architektonik der Meerestiefen, die geheimen Gesänge der Fische. Du wirst hinnehmen, dass der Tod den trifft, der dir am teuersten ist, wirst zulassen, dass das Meer deine Seele verschlingt und alles, was du sonst liebst, denn man kann nur eine Liebe haben. Du wirst begreifen, dass Schweigen eine Kunst ist, die vor vielen Fehlern schützt. Du wirst in deinem Gesicht die Routen tragen, die du auf dem Meer zurückgelegt hast, die Furchen, die dir die Sonne in die Haut brennt, und eine Zärtlichkeit, die niemand je in dir erkennen wird. Was ich dir hier übergebe, ist kein Geschenk. Es ist eine vergiftete Gabe, denn eine Wahl hast du nicht, nur eine Verantwortung, und wenn die Kette reißt, wird Unheil Katria treffen, und die Geschichte der Insel endet.«

Das hatte der Vater in dem wohlklingenden Duktus des alten Sizilianisch gesagt, unterstrichen durch knappe, entschiedene Gesten, und seine Augen schienen den kleinen Jungen dabei zu durchbohren, Augen, so grün wie das Meer an stillen Tagen. »Wenn die Kette reißt, endet auch die Geschichte Katrias.«

Jetzt hatte diese Kette ein schwaches Glied, dachte der Raìs, aber sie würde nicht reißen.

1967

Das Dorf schien dahinzutreiben. Wenn man es vom Meer oder oben vom Berg aus betrachtete, konnte man meinen, es würde schweben, ohne Rücksicht auf die Grenzen, die Berge und Klippen ihm zu setzen suchten. Es hing in der Luft zwischen dem Monte Hiera und der Cala Grande, dem Berg und der Bucht, zerrissen zwischen dem Schatten der Felsen und der Glut der Sonne in einer Art Schizophrenie, die Jahre später diejenigen, die dorthin kamen, um Dinge zu finden, die sie woanders verloren hatten, entweder in den Wahnsinn trieb oder zu einer unsterblichen Liebe.

Wenn es Abend wurde, wählte das Meer gedämpfte und raue Laute, um Gott in den Schlaf zu wiegen. Vom Haus des Raìs aus hörte man das Rauschen der Wellen und das Raunen der Bäume und Büsche, denn es befand sich zwischen dem Berg und dem Meer, genau gleich weit entfernt von der übrigen Welt.

Nora wusste, dass das Haus, in dem sie mit dem Raìs wohnte, das größte im ganzen Dorf war, wenn man einmal von der Villa Filangeri absah, aber die war so etwas wie ein Palast und zählte deswegen nicht. Das Haus des Raìs war zweistöckig, weiß und quadratisch wie alle anderen Häuser, die Läden grün und himmelblau lackiert mit den Farben, die vom Streichen der Boote übrig blieben, und es lag an der schmalen, gewundenen Straße, die entweder zu den Klippen der Punta Sottile hinaufführte oder steil hinab zum Strand der Cala Bianca, je nachdem, wie man es betrachtete.

Nora wusste, dass man von der sonnenglühenden Terrasse aus den Gipfel des Monte Hiera beinahe greifen und manchmal, an klaren Tagen, genau den Punkt am Horizont erkennen konnte, an dem aus dem Himmel das Meer wurde. Sie wusste, dass dort draußen in der Macchia die Wildschweine waren und in dem Meer die Thunfische, die am Ameisenfelsen vorbeischwammen, und sie wusste auch, dass man weder in den Wald noch aufs Meer durfte, wenn man wie sie ein kleines Mädchen und allein zu Hause war. Sie wusste auch, dass man sich besonders vor dem Anfang und dem Ende des Tages fürchten musste, weil sich dann aus dem Wald die Stimmen der Malaluna erhoben, der Werwölfe, die alle Menschen wahnsinnig werden ließen, und dass sich am Rand des Dorfes finstere Wesen herumtrieben, Briganten oder schwarze Schlangen mit zwei Köpfen, die allzu neugierige Kinder holten oder andere geheime Zwecke verfolgten, die ihre Vorstellungskraft überstiegen.

Ihr genügte die kleine Straße, auf der sich jeden Tag eine andere Ameisenkolonie zeigte, ein rätselhaftes Loch im Boden, Fußabdrücke eines Menschen oder eines Tiers, und ihr genügte das Haus mit seinen kühlen Schatten, um dort mit ihrer Puppe mit den zerzausten Haaren und den Glasaugen Mutter und Kind zu spielen. Teller, Besteck, Brot, Wasser und Wein auf der geblümten oder karierten Tischdecke, Wasser in den Topf und dann mit einem Holzlöffel darin rühren; den Gashahn aufdrehen und den Herd mit einem langen Streichholz anzünden, nein, das nicht. Das ist Aufgabe des Raìs, wenn er nach Hause kommt.

Er geht nicht gleich hinein. Noch in Jacke und mit der Schiebermütze auf dem Kopf bleibt er ein Weilchen draußen auf der Veranda auf dem Steinsitz hocken. Nora setzt sich neben ihn, um die Stille mit ihm zu teilen, die man nicht durch unpassende Worte durchbrechen darf, weil mit ihnen schwer umzugehen ist. Sie weiß, dass dort ihr Platz in der erhabenen Ordnung des Universums ist, so still und klein, aber auf irgendeine Weise so notwendig wie die Allerletzte im Zug der Ameisen, die versuchen, in die Küche zu gelangen. Noras Nasenlöcher nehmen den Geruch des Raìs in sich auf, er riecht nach Algen, Fisch, Salz, nach Steinen und Netzen, und sie fragt sich, was er heute hinter diesen starr auf die Straße gerichteten Augen verbirgt – und was in seiner Jackentasche. Drops oder Früchte vielleicht oder Pfefferminzbonbons, die er kauft, wenn am Freitag die Fähre kommt und all ihre Köstlichkeiten für den Dorfladen von Donna Teresa entlädt.

Raìs lächelt ein wenig. Er redet nicht viel, und dank seiner eisernen Selbstbeherrschung gibt er nie etwas von sich preis.

»Schau mal her«, sagt er schließlich und holt zwei runde, orangefarbene Früchte aus der Tasche, die mit einem beinahe unsichtbaren Flaum bedeckt sind. Er bricht eine auseinander, und es ist so, als hätte er selbst sie in diesem Moment geschaffen, die Aprikosen, hätte sie erdacht und der Welt geschenkt – und die Welt ist sie. Nora beißt in eine Hälfte, und dieser Geschmack, süß und intensiv, ist noch etwas, das gegen die Einsamkeit hilft.

Raìs ist ein blonder Riese, breitschultrig, beinahe zwei Meter groß, und erfüllt alles mit seiner Gegenwart. Es wirkt, als könne ihn nichts aufhalten, verändern oder umwerfen. Seine grünen Augen richten sich auf die Welt, allein um ihr zu verkünden, dass man Andrea Lombardo nicht besiegen kann, es sei denn, man würde ihn mit einem Haken durchbohren wie einen Thunfisch oder Schwertfisch, und dass dem Raìs von Katria kein anderer

Abgang von dieser Welt entspräche, außer vielleicht der sanftere Tod im eigenen Bett.

Im Vergleich zu ihm sind alle anderen, die Tonnaroti, der Lehrer, der Pfarrer, ja sogar Conte Filangeri, klein, nichtssagend, so unscheinbar, dass sie Nora vorkommen wie Zwerge, Barsche, Kraken oder Tauben, aber nicht wie Männer, denn ein Mann, das ist der Raìs, sie sind nicht von der gleichen Art, nicht aus dem gleichen Stoff gemacht. Raìs beherrscht die Veranda, das Haus, die Straße, das Dorf und die gesamte Insel mit der gleichen Schlagkraft und demselben sakrosankten Recht der Natur, wie nur Gott es vermag. Nora ist überzeugt, dass Er selbst Raìs an diese Stelle gesetzt hat, weil Er sich allein und von dort oben im Himmel nicht um alles kümmern kann. Und genau wie Gott sichert Raìs Katria das Überleben, indem er die Mattanza und somit den Thunfischfang anführt, Frieden stiftet, Streitigkeiten schlichtet, festlegt, was erlaubt und was verboten ist, und das nach seiner eigenen unanfechtbaren Sicht der Dinge.

Niemand nennt ihn je bei seinem richtigen Namen, nicht einmal die Tochter oder die Schwestern, weshalb Nora jahrelang glauben wird, dass er mit diesem Beinamen Raìs auf die Welt gekommen ist, der alles Nötige beinhaltet und gleichzeitig all seine Erhabenheit.

Raìs. Eine lang gezogene, endbetonte Silbe – der Inbegriff von Perfektion und für Nora der Grund, aus dem sie Mutter, Vater, Schwestern und das Haus am anderen Ende des Dorfes verlassen musste, ein Grund, der mit dieser einen Silbe gesagt ist und den ihr zu erklären niemand sich je bemüßigt fühlte. Nicht Vater, nicht Großvater, nicht Don Andrea. Nur Raìs, nichts weiter. Dieser Titel, der ihm per Geburtsrecht zugesprochen wurde, schließt jede andere Form des Daseins aus. Allerdings verwirrt Nora manchmal das Nebeneinander seiner übernatürlichen Begabungen und so banaler Alltagsverrichtungen wie essen, Hände waschen, die blaue Jacke anziehen; es kommt ihr merkwürdig vor, dass Raìs essen, trinken, schlafen muss wie jeder andere normale Mensch.

Nora nimmt eine weitere Aprikosenhälfte aus seinen Händen, eine fleischige Sonne, ein Tropfen aus gelb-orangem Licht. Raìs' Hände sind sehnig, schwielig, vernarbt, ihre Haut ist von Tauen verhärtet, von Netzen, Rudern und Gaffhaken, doch jetzt schenken sie Süße und Sanftheit. Er steckt sich ebenfalls eine halbe Aprikose in den Mund, genießt sie langsam, und Nora tut es ihm nach. Sie dreht das Fruchtstück auf der Zunge, kaut es bedächtig, und unbewusst lernt sie dabei für alle Zeit, dass jedes Ding auf der Welt den gleichen Stellenwert hat, der Geschmack einer Frucht wie die Sonne am Himmel, und dass nichts wichtiger ist als das, was im Hier und Jetzt geschieht.

Raìs scheint ihre Empfindungen wahrzunehmen, die sie noch nicht in Worte fassen kann, und sieht sie mit dem gleichen Ausdruck an wie alles und jeden, als würde ihn die Sonne blenden.

Vor dem Spiel des Tischdeckens und dem Raten, was Raìs in seiner Tasche versteckte, kam die Schule. Sie war in einem Teil der großen Sakristei untergebracht, die der Lehrer und der Pfarrer mit zu kleinen Bänken vollgestopft hatten und mit den neunundzwanzig Kindern, die bis zur fünften Klasse ihrer Schulpflicht nachkommen mussten. Der Lehrer unterrichtete alle fünf Jahrgangsstufen gleichzeitig, jede Klasse in einer Bankreihe. Nora saß in der zweiten, zusammen mit Rosalba, Provvidenza, Vincenza und Paolo, der es hasste, in einer Reihe mit lauter Mädchen zu sitzen, aber nichts dagegen tun konnte. Hinter ihnen saßen die höheren Klassen, in der letzten Reihe die drei aus der Fünften, die aber nie zur Schule kamen; einer hütete die Herde, und die anderen beiden gingen fischen, wer gab denn schon etwas auf so ein Stück Papier.

Nora mochte den Schulraum, weil die Sonne nicht hereinkam und es dort kühl war, aber sie mochte weder ihre Mitschüler noch den Lehrer. Mit jeder Geste und jedem Wort erinnerten alle sie daran, dass sie anders war als die anderen, abgetrennt wie hinter Glas, ohne dass sie ihr je erklärten, ob es ihre Schuld oder ein Verdienst war.

Der Lehrer war dicklich und wurde leicht wütend. Wenn er sprach, begleitete er seine Ausführungen mit kleinen zuckenden Bewegungen der Arme und des Kopfes, die ihn wie einen Fisch auf dem Trockenen aussehen ließen. Sein Lachen war zu schrill, sein Rücken zu gerade, seine Kleidung, die er stolz zur Schau trug, unpassend für ein Fischerdorf. Als Abkömmling einer reichen Familie und Lehrer nur aus Berufung steckte er seinen gesamten Lohn in Anzüge, es hieß, er würde sie sich nach Maß in Trapani und in Palermo anfertigen lassen. Noras unglaubliches Gedächtnis hätte jedes Kleidungsstück aufzählen können, das er seit ihrem ersten Schultag angehabt hatte. Sommers trug er Anzüge aus cremefarbenem Leinen, Krawattenschal und Einstecktuch aus bedruckter Seide, Ledermokassins und einen breitkrempigen Panamahut. So sah er aus wie ein reicher Mann, der auf die Piazza gekommen war, um sich mit einer Granita zu erfrischen, während seine Jacht weit draußen auf Reede lag. In den kurzen Wintern beehrte er das Dorf mit perfekt geschnittenen Anzügen aus Schurwolle, strahlend weißen oder hellblauen Hemden und atemberaubenden englischen Schuhen, die mit ihrem Klack-Klack auf den alten Fliesen der Sakristei mit dem Ranken- und Lilienmuster einen Kontrapunkt zu seinem Unterricht setzten.

»Der putzt sich für Rosina so heraus«, zogen Rosalba und Vincenza kichernd über den Lehrer her, wenn er gerade einmal draußen war und mit dem Pfarrer plauderte.

»Aber Rosina nimmt den nie, der ist doch hässlich und gemein.«

Nora wurde nicht einmal in diesen Klatsch miteinbezogen, so gern sie ihre Erkenntnisse auch mit den Mitschülerinnen geteilt hätte. Es stimmte, der Lehrer kleidete sich so, um Rosina zu beeindrucken, die die Tochter des Schalterbeamten im Postamt war, von einem aus dem Norden, der mit einem Akzent sprach, als käme er von einem anderen Stern, und einen spärlichen Schnurrbart hatte. Rosina würde den Lehrer aber wahrscheinlich nicht nehmen, weil sie Francesco Russo heiraten wollte, der so schön war wie der Erzengel Michael, der in der Kirche rechts vom Altar stand, und Akkordeon spielen konnte Francesco auch. Man musste nur aufmerksam beobachten, wie die beiden sich ansahen, wenn sie einander auf der Straße begegneten oder während der Prozession nach der Mattanza. Insgeheim war Nora für Francesco, weil sie den Lehrer nicht mochte, denn der sprach nie mit ihr, sah sie nicht an, lobte sie nie für ihre guten Leistungen oder rügte sie für ihre Fehler. Seine Stimme wurde beinahe unmerklich leiser, wenn er beim Morgenappell ihren Namen vorlas, Greco, Eleonora, der dritte von oben, und sich in der Klasse einen Moment lang Stille breitmachte, als ob sich alle jeden Tag von Neuem darüber wunderten, dass auch sie unter ihnen war.

Die anderen Kinder, Jungen wie Mädchen, knufften sich, tauschten Murmeln, Pausenbrote und Geburtstagseinladungen, wobei sie Noras stumme Bitte ignorierten, doch auch Teil dieser Welt zu sein, die so atemberaubend Neues zu verheißen schien. Wenn sie sie ansprachen, dann verlegen und auch nur, wenn es unbedingt nötig war, mit der gleichen distanzierten Höflichkeit wie gegenüber einem Erwachsenen, der sie einschüchterte, und schlossen sie so aus jeder Gemeinschaft aus, als hätte die Taufe ihr nicht die Erbsünde von der Stirn getilgt. Genauso verhielt es sich im Dorfladen, bei der alten Frau mit dem Aniswasser und bei der Mutter von Vincenza, wenn Nora dort Eier kaufen ging. Sie fühlte sich immer von hundert Augen überwacht und von einem ständigen Raunen halb ausgesprochener Dinge verfolgt. Bei ihrer Familie war es auch nicht anders, dort in dem Haus, das sie mit sechs Jahren verlassen hatte, um beim Raìs zu leben.

Es stand am anderen Ende des Dorfes, hinter dem Postamt, hinter dem Peppe Vino e Cucina, hinter dem Dorfladen mit den Zeitungen, dem Tabakladen, der Krankenstation und der Telefonzelle. Ein weißer Würfel wie all die anderen mit blau-orangen Fensterläden aus Holz. Auch hier veränderte sich nie etwas: der Vorhang aus bunten Plastikschnüren, die Lieder aus dem Transistorradio, das ständig lief, die Flipflops im Eingangsbereich, auf der Fußmatte im Flur, die Papa in Marsala gekauft hatte, mit der Aufschrift in einer fremden Sprache, einem Wort, das mit W anfing.

Papa war ein freundlicher Mensch, er pendelte jeden Tag mit der Fähre nach Trapani, wo er in einem Büro arbeitete. Nora sah ihn immer sonntags, wenn alle zusammen Mittag aßen und er ihr etwas schenkte: eine Plastikflöte, einen Flummi, Kleider für ihre Barbie und zu ihrem siebten Geburtstag eine richtig große Corinne, als Ersatz für die Puppe mit den zerrauften Haaren, die jahrelang beim Tischdeckenspiel dabei gewesen war. Er zog sich sehr modern an, Rollkragenpullover und Jeans mit Schlag, hatte Koteletten und lange Haare genau wie die Sänger auf den Hüllen der LPs, die er allen am Sonntagnachmittag auf dem Plattenspieler vorspielte, wobei die Nadel ab und zu weitersprang. Aber auch von ihrer Familie wurde Nora mit dieser Rücksicht behandelt, durch die sie sich so anders fühlte, als wäre sie eine Cousine auf Besuch, zu der man nett und freundlich sein musste; wenn ihre Mutter ihr sagte: »Wende die Tintenfische im Teig«, klang sie dabei nicht so ungeduldig wie bei Flavia oder schlug den Befehlston an wie bei Laura, sondern fragte höflich, es war eine Bitte wie an eine Fremde, die aus irgendeinem Grund in ihrer Küche gelandet war und der man jetzt auch etwas zu tun geben musste. Tintenfische und Calamari im Teig wälzen, die Nunnata-Klöße ausbacken, aus denen einen hundert aufgerissene Fischaugen anstarrten, die Gläser spülen und abtrocknen. *Ich mach das, Mama. Nein, nein, lass nur, geh und hör Musik, wenn du möchtest, denn das ist nicht deine Aufgabe, denn das ist nicht, was du sein musst.* Und wenn es Zeit wurde zu gehen, bestand der Abschied nur in einem Lächeln und einem sich stets wiederholenden Ziehen von Grenzen; mit einem Aufatmen gab man sie den Tagen mit den Ameisen und Muscheln zurück, den gemeinsamen Tagen mit dem Raìs, der kaum etwas sagte und immer zu früh vor dem laufenden Transistorradio einschlief.

Nora war auch von der verschworenen Teenagergemeinschaft ihrer älteren Schwestern ausgeschlossen. In den Nächten, in denen der Raìs auf dem Meer war, hatte sie bei ihren Eltern ein Zimmer ganz für sich allein, ein Privileg, das eine weitere Ausgrenzung bedeutete. Aus dem Zimmer nebenan hörte sie ihre Schwestern vertrauliche Geständnisse und Geheimnisse austauschen, und sie fragte sich, weshalb ihr nach Weinen zumute war, wenn sie doch niemand je schlecht behandelt, wenn niemand ihr je etwas verweigert hatte, wenn das gesamte Dorf sie mit den Augen behütete, hinter den Fensterläden jeden ihrer Schritte verfolgte, aufpasste, dass ihr nichts zustieß, wachsam, respektvoll und kalt, als hätten sie alle einen geheimen Pakt geschlossen, um sie zu beschützen und ihre zwangsläufige Berufung zur Einsamkeit zu fördern.

Die Straßen des Dorfes waren vom Licht der Sonne überflutet und die Schatten dazwischen dunkel und tief. Nora bewegte sich träge durch die glühend heiße Luft. Die brackige Meeresbrise strich über die zum Trocknen aufgehängte Wäsche, über die Dächer der Häuser und erwartete sie am Ende der Gassen, wo sie sich in diesen wässrigen Nebel verwandelt hatte, den die Hitze zwischen Boden und Luft in der Schwebe hielt. Nora betrat den Dorfladen. Sie musste nichts kaufen, aber sie brauchte eine Pause von dem Algengeruch, der sie verfolgte, und ließ sich von dieser unnachahmlichen Mischung aus Gerüchen einhüllen, die dort drinnen von Tag zu Tag wechselte, ja sogar von Stunde zu Stunde, je nachdem, wie viel Seife, Waschmittel, Artischocken, Gemüse, Obst und Essig hereinkamen oder verkauft wurden. Sie war überzeugt, dass dort jedes Ding seinen eigenen Geruch hatte, sogar die Wäscheklammern und die BIC-Kugelschreiber, die gut sichtbar an der Kasse ausgestellt waren, mit ihren schwarzen, blauen und roten Plastikkappen. Doch an diesem Tag war hier ein neuer Geruch. Sie sog ihn in sich ein, identifizierte ihn als Orangenblüte und stellte fest, dass er von der Svergognata kam.

Die Schamlose suchte gerade ein Waschmittel in der nicht eben großen Auswahl im Regal aus. Ihre dezente Kleidung vermochte ihre üppigen Formen nicht zu verbergen und auch nicht ihre unbändige Sinnlichkeit, die sogar Nora wahrnahm, ohne zu wissen, worum genau es sich dabei handelte. »Haben Sie Gallseife gegen Flecken?«, fragte die Svergognata. Ihre Stimme war noch schöner als ihre äußere Erscheinung – und noch jünger. Hinter ihrem Tresen tat Donna Teresa, als hätte sie sie nicht gehört, und trug weiter Zahlen in ihr Buch ein.

»Haben Sie Gallseife gegen Flecken?«, fragte die Svergognata noch einmal im gleichen Ton und mit demselben Lächeln. Donna Teresa bedachte sie daraufhin mit einem Blick, in dem Nora

Hass, Verlegenheit, Neid und schließlich Besorgnis erkannte, als die Svergognata die Enkelin des Raìs berührte, sie anlächelte und sagte: »Hallo, Eleonora. Du bist doch Eleonora, richtig?« Nora fiel auf, wie weiß ihre Zähne, wie schwarz ihre Haare und wie rot ihre Lippen waren – genau wie bei Schneewittchen aus dem Märchen. »Darf ich dir etwas schenken?«, fragte die Svergognata vorsichtig. Daraufhin bewegten sich die Frauen, die sich im Laden befanden, eine an der Tür, eine an der Kasse, eine neben dem Regal mit den Konserven, stumm und bedrohlich auf sie zu. Es gab Dinge, die man nicht einfach so hinnehmen durfte, und dazu gehörte nun ganz bestimmt, dass eine wie die da die Kleine ansprach und ihr ein hübsches Päckchen in Seidenpapier in die Hand drückte.

»Hier, das ist für dich. Eine Rosenseife, die macht viel Schaum und duftet gut«, sagte die Svergognata ganz ruhig, als würden diese Hexen sie nicht einkreisen und ihr die Luft nehmen, als würden sie sie nicht mit ihren giftigen Blicken durchbohren und als wäre ihr Hass nicht so körperlich spürbar, sichtbar, gefährlich. Nora nahm das Geschenk und schnupperte mit geschlossenen Augen daran, und sie wusste instinktiv, dass dies eine Begegnung zwischen Heiligem und Profanem war und dass sie selbst an der Spitze einer geheimen Hierarchie stand.

Nora ging mit der Seife in der Hand nach Hause, niemand hatte gewagt, sie ihr wegzunehmen. Es hatte genügt, dass sie die Frauen mit ihrem unschuldigsten Blick ansah, und diese hatten sich zurückgezogen, da sie in ihr diese geheimnisvolle Macht erkannten, die niemand offen anzusprechen wagte – schließlich wusste man ja, dass etwas, das wertvoll war, in Schweigen gehüllt und bewahrt werden musste.

Kaum zu Hause, zog Nora sich ins Bad zurück und wickelte die Seife aus dem Seidenpapier. Ein festes, ovales Wunderwerk, zartrosa wie die Morgendämmerung im Winter, das sich unter ihren Fingern glatt anfühlte und nach exotischen Orten duftete. Nora besaß nichts wirklich Wertvolles außer der handbestickten Weißwäsche von einer Großmutter, die sie nie kennengelernt hatte, und jetzt eben diese wunderbare Seife. Rieb man diesen Duft nach Rosen auf die Haut, entfernte man den Geruch des Meeres, seinen Geschmack und sogar die Erinnerung daran, bis die Haut durch das übermäßige Reiben rot und der Kopf endlich leer war.

Das Dorf weiß, wenn die Thunfische kommen. Weiß es, bevor der Raìs den Befehl gibt, noch bevor die Kirchenglocke der Chiesa Madre läutet. Es liegt in der Luft, als würde der Wind die Nachricht in ihre Ohren wehen, in die Augen und auf die Zunge derjenigen, die warten. Die Mattanza kommt, verheißt er, auch diesmal sind wir gerettet. Alle, die nicht auf dem Meer gebraucht werden, streifen unruhig und ungeduldig durch die Straßen, schleichen zwischen Häusern und Mauern umher wie Gespenster, ohne sich auch nur zu grüßen. Alle wissen, dass die Thunfische in die Reusen geschwommen sind, aber niemand redet darüber, als wäre dieses Geheimnis nur für jeden Einzelnen bestimmt. Alle warten gespannt auf das Läuten der Glocke wie auf eine Befreiung, und dann endlich laufen sie zur Mole.

Nora ist nie darunter. Sie verabscheut das Meer, das von allem zu viel ist – ausgedörrte Kehle, Schnittwunden an den Füßen, glühende Haut, brennende Augen – und nirgends eine Zuflucht bietet. Die Boote auf dem Meer sind ein geschlossenes Universum, das keine Überraschungen birgt. Das Meer ist überall, und Nora meidet es, fast als würde sie ahnen, dass es ihr gesamtes Leben einnehmen wird und dass sie nur jetzt noch Zeit hat, ihm fernzubleiben und das zu sein, was sie ist, und nicht das, was sie sein muss.

Der Raìs hat es bemerkt. Nora geht nicht gern in den Buchten schwimmen wie ihre Altersgenossen. Sie fragt nie, ob sie im Boot mitfahren darf, all das interessiert sie nicht: die Fische, die durchsichtigen Quallen, die Gestalten von Mensch oder Tier, die man in den Klippen erkennen kann, oder die sanften Bewegungen der Seesterne. Nora bleibt im Haus, meidet die Hitze und das unbarmherzige Licht, das alles enthüllt, gestochen scharf und ohne weiche Linien. Tief in ihrem Inneren, auf diese geheimnisvolle Weise, durch die die Seele immer und voll und ganz ihrer selbst gewahr ist, spürt Nora, dass das Meer ihr Dämon sein wird, und sie ahnt ihr künftiges Schicksal – also warum sollte sie sich ihm jetzt schon stellen, warum sollte sie sich nicht davor zurückziehen, wenigstens, solange es ihr noch gestattet ist?

Sie steigt sogar, so weit sie kann, auf den Berg, um einen weiten Blick zu haben, um zu beobachten, wie die Frauen zur Mole laufen, nur um so fern wie möglich von diesem Ozean zu sein, der Gischt spuckt und sich wild erhebt, wenn er wütend ist. Sie muss nur die Augen schließen, und schon sieht sie, wie er auf sie zukommt, und sie weiß, dass der Tag naht, an dem er sie wirklich mit sich nimmt und sie nichts anderes als Fisch, Wasser, Krebs oder Alge sein wird, aber jetzt nicht, noch nicht.

Nora schnitt den Tentakel eines Tintenfischs durch, spritzte Zitrone darauf und aß ihn mit Genuss, während sie Raìs beobachtete, wie er an Don Giacintos Wein nippte, einen winzigen Schluck davon trank, eine angewiderte Grimasse unterdrückte und das Glas in den Spülstein ausschüttete.

»Warum kaufst du diesen Wein, Raìs, wenn du ihn nicht magst?«

»Ich kann Don Giacinto doch nicht beleidigen, ich habe immer bei ihm gekauft.«

Nora nahm eine Seeigelhälfte vom Teller, setzte die Zungenspitze auf den Stern aus orangefarbenen Eiern, und in dem Moment sagte der Raìs das, was sie irgendwie erwartet hatte, und er sagte es nicht besonders feierlich, während er mit seinen riesigen Händen Zitrone auf das feste Fleisch eines Langflossenthunfischs träufelte: »Ab morgen fährst du mit mir im Boot.«

1978

Nora suchte mit ihren nackten Füßen die Kühle der alten Fliesen, während sie auf der Veranda saß, dicke Bohnen pulte und dazu das Endstück des ofenwarmen Brots knabberte. Die glatten Kerne mit dem einen braunen Auge fielen in die Schüssel zur Rechten, die leeren Schoten nach links, sie schlugen im Takt des Radios auf, aus dem die raue Stimme Claudio Baglionis erklang und das von Terrorismus und Toten erzählte, umgekommen in einem Land namens Italien.

Die Glocken von Santissimo Crocifisso fingen an zu läuten und erinnerten Nora daran, dass die Messe gleich begann. Widerwillig schlüpfte sie in die Schuhe, legte die Kette aus Perlen und Korallen um und rannte die Straße entlang. Vor der Kirche traf sie auf ihre Schwestern und die Eltern. Wie jeden Sonntag würden sie gemeinsam den Gottesdienst besuchen und danach zusammen essen. Sie begrüßten sich mit angedeuteten Wangenküsschen, Küsse, die eher ein Beschnuppern waren, ein Sich-blind-Finden, und als sie hineingingen, bemerkten sie Raìs, der schon in der ersten Reihe saß, in dem guten Anzug und perfekt rasiert. Nora hatte ihm die Jacke am Morgen gebügelt, ehe er zum sonntäglichen Spaziergang auf der Piazza aufbrach, wo er in der Bar Campo die Cannoli als Nachtisch für ihr Mittagessen vorbestellte. Sie nahm neben den Schwestern in der Mitte des Kirchenschiffs Platz, und schon nach wenigen Minuten verloren die Worte aus Don Cosimos Mund für sie jegliches Interesse.

Die Geschichten, die das Dorf umtreiben, errät Nora alle aus kaum wahrnehmbaren Gesten, Blicken, die hin und her gehen, geflüsterten Worten, die zwischen den Kirchenbänken ausgetauscht werden, wo sie sich anscheinend langweilt und stattdessen ganz aufmerksame Beobachterin ist, zwar himmelweit entfernt davon, Gott zu preisen und zu danken, aber vollkommen eingetaucht in den kaum zu überhörenden Fluss der Gefühle und Gedanken, die die Kirche, die Straßen, die Häuser erfüllen.

Da ist Piero aus der Metzgerei; er bohrt in der Nase, wenn er sich unbeobachtet glaubt, und wiegt beim Fleisch das Papier mit.

Und da sitzt Don Tanino dei Tonni; niemand, einschließlich ihm selbst, kennt mehr seinen richtigen Nachnamen. Er ist einhundert Jahre alt. An dem Tag, als er hundert wurde, verkündete er allen, dass er nicht mehr sterben würde, und so ist es gekommen.

Da sind Simone und Luca, zwei junge Männer um die zwanzig; zwanzig Jahre, die sie immer zusammen verbracht haben, ihre Finger berühren sich ständig, ihre Blicke suchen sich oft.

Die da ist Martina Bellomo; sie will nach Rom, um Schauspielerin zu werden, und isst nichts, weil sie schlank bleiben möchte, und doch geht sie jeden Nachmittag zur Bar Campo und holt sich dort ein Eis.

Da ist Peppe Vino e Cucina; am Herd vollbringt er wahre Wunder, Busiati mit Thunfischrogen, Couscous, Zackenbarsch mit Mandeln oder Spaghetti mit Seeigeln; es ist sogar schon jemand aus Palermo gekommen, um ihn zu interviewen, und danach war sein Foto in der Zeitung.

Da ist auch Maria Salemi; seit ihr Mann im Gefängnis sitzt, ist sie die Geliebte von Daniele dei Muli. Alle wissen es, aber keiner kann es glauben, denn Maria Salemi sieht aus wie ein Engel, und ihre Schönheit entwaffnet die Lästermäuler und bezirzt selbst die Boshaftigkeit.

Da ist Lorenzo Matalotto; ein sechsjähriges Kind, obwohl er neunzehn Jahre alt ist. Er taucht besser als jeder Fisch und erzählt immer, dass er irgendwo auf dem Meeresgrund ein uraltes Boot gesehen hat und dass er es irgendwann einmal an die Oberfläche holen wird.

Da ist auch die Svergognata; sie betritt niemals die Kirche, sondern verfolgt die Messe von draußen mit einem herausfordernden Lächeln auf den Lippen. Ab und zu tut sie einen Schritt nach vorn, um allen einen Schrecken einzujagen. *Vielleicht komm ich ja rein*, scheint sie zu sagen, *und wer von euch wird mich dann rausschmeißen?* Irgendwann an einem Sommertag ist sie auf Katria an Land gegangen, mit einem schweren Koffer und der Unschuld einer unbedingten Liebe. Sie kommt aus einem Küstenstädtchen vom Festland, wo sie ihren Mann, einen gleichgültigen und verlogenen Rechtsanwalt, verlassen hat, um Giovanni Savoca zu folgen, der tageweise als Fischer arbeitet und gelegentlich als Gitarrist auftritt.

Die da zwei Bankreihen weiter vorn ist die Witwe Alcamisi; sie bringt jeden Freitag Blumen und Kerzen zur Madonna del Soccorso, deren kleine Votivkapelle dort steht, wo das Dorf endet und die Klippen und Felsen dominieren. Alle glauben, dass sie dorthin geht, um für ihren Mann zu beten, der seit 1942 irgendwo zwischen Moskau und Stalingrad vermisst wird, aber Nora weiß, dass das, was aus ihrem Mund kommt, nur Schmähungen gegen eben jene Madonna sind, die zwar die Kerzen und Blumen stets gern genommen, aber ihr weder Mann noch Kinder vergönnt hat, auch nicht das Stück Land bei Trapani, das an ihren Bruder gefallen ist.

Da ist Don Cosimo, er liest die Messe. Er ist eher hager, mit einer Brille, die ihm von der Nase rutscht, und einer kämpferischen Ausstrahlung. Nicht einmal am Freitag isst er Fisch, weil er ihn nicht verträgt, und das hat genügt, um ihm zu misstrauen, als er die Stelle des lebensfrohen Don Agatino übernahm. Unschickliche Zweifel erregt auch sein schwingender Gang, der genauso ist wie der einer Frau, aber einer, der keinen Fisch isst, bleibt sowieso verdächtig, ganz egal, was er tut oder lässt.

Der dort neben seinen Eltern ist Dottor Basile, immer noch Junggeselle und sehr umschwärmt, der einmal Mariella Notaro bei einer Niederkunft das Leben gerettet hat, und einmal diesem Dummkopf von Girolamo Palacqua, als der sturzbetrunken tief in der Nacht bei der Cala Nica aus unerfüllter Liebe ins Wasser ging.

Dort in der ersten Reihe sitzen die Filangeri, die Grafen von Katria, Hiera und Levanto. Der Conte, die Contessa, die beiden Söhne. Elegant, lächelnd, auf eine gewisse Art geheimnisumwittert. Wer weiß, was sich in der Villa verbirgt, die die Insel von der Punta Sottile her dominiert, und was sie im Winter treiben, den sie in der Stadt mit anderen ähnlich reichen Menschen verbringen. Mit ein wenig Fantasie haben die Dorfbewohner ihnen ein wunderbares Leben angedichtet, und wenn sie die Filangeri zufälligerweise einmal sehen, dann sind sie immer ein wenig überrascht, dass sie wirklich hier im Dorf sind und sich unters Volk mischen.

Die Messe ist beendet, und dann macht man die Runde auf der Piazza, begrüßt einander und tauscht Höflichkeiten aus; Nora ist zwar bei den anderen Mädchen, aber immer noch wie hinter Glas. Beim Mittagessen werden die Fernsehnachrichten kommentiert, man wird über Flavias Verlobten sprechen, der seinen Militärdienst antritt, über die Schule, auf die Laura gehen möchte, um Krankenschwester zu werden. Nora empfindet keinen Neid auf die Schwestern, die eine Wahl hatten. Sie hört zu und nimmt Anteil, aber sie lebt in einer anderen, jahrhundertealten Welt, die sie morgen früh wieder verschlingen wird, wenn sie die Netze kontrollieren und aufschichten werden, weil dann so wie jedes Jahr seit Jahrhunderten die Thunfischjagd beginnt.

Nora Greco trägt Männerkleidung, aber den Körper und die Stimme einer Frau, die weibliche Art, sich zu bewegen, kann sie nicht verbergen. Daher bewegt sie sich kaum, spricht wenig und hält die Augen gesenkt, die verschiedene Farben haben, eins ist pechschwarz und das andere honiggelb, so wie bei manchen Hunden oder Katzen. Augen, wie sie viele Frauen aus ihrer Familie haben, eine Art Markenzeichen, so wie der Löwe mit dem Schwertfisch im Maul im Wappen der Filangeri. Nora hat ein gebärfreudiges Becken, dunkle Locken und die Disziplin einer, die ihre Pflicht tut. Sie sitzt im Marfaraggiu zwischen den anderen Fischern und flickt die Maschen von Isula, Ranni und Suttana, die sich in diesen Netzen gelockert haben. Auf einem anderen aufgerollten Netz sitzt eine bunt gefleckte Katze und wartet träge darauf, dass man ihr eine Sardine hinwirft. Nora überprüft die Cura, ihre Augen sind fest auf das Netz gerichtet, damit ihr kein Fehler entgeht: wenn nur eine Masche locker ist, kann die gesamte Mattanza scheitern. Sie arbeitet schweigend und hört zu.

Nicola Valenti singt leise vor sich hin. Er ist ein attraktiver Mann mit aristokratischer Ausstrahlung und angeborenem Charisma, einer, der gern lange überlegt und schließlich nach seinen sprichwörtlichen Schweigepausen hellsichtige Gedanken und stichhaltige Gewissheiten äußert.

»Wir sollten diesmal auch den Cudardu zur Isula mitnehmen«, rät Tommaso Martinez, der Mürrischste unter allen Tonnaroti, der im Prinzip immer so aussieht, als würde er ständig über etwas nachdenken, was man ihm angetan hat.

»Das können wir morgen machen oder heute Abend«, antwortet ihm Saro Vitale, der aus unerfindlichen Gründen stets wie jemand wirkt, der jede Menge Zeit zu verschwenden hat.

Nora spricht fast nie. Worte hemmen den Fluss der Gedanken und verändern sie. Die schönsten und erhabensten Dinge sind stumm, der Himmel und die Untiefen, die Klippen und die Wolken. Sie werden nur laut, wenn sie ihre Wut herausschreien müssen, sonst hinterlassen sie höchstens ein unterschwelliges Murmeln, einfach um sich zu versichern, dass sie existieren, und um das wahrzunehmen, muss man wirklich sehr genau hinhören.

»Diesmal werden es sechshundert sein«, wagt Matteo Martorana eine Prognose; er ist sieben Jahre älter als Nora und hat die schönste Stimme für die Cialome, die während der Mattanza gesungen werden.

»Ach, mehr, mehr«, überbietet ihn Michele Santangelo. Aufgrund dieser geheimnisvollen Übereinstimmung, die es manchmal zwischen einem Hund und seinem Besitzer gibt oder zwischen einem Menschen und dem Beruf, wirkt Michele Santangelo wie ein riesiger Fisch auf zwei Beinen. Er ist ein bartloser Kahlkopf, mit ausdruckslosen, runden Augen und blutleeren, schmalen Lippen, die vorgewölbt sind. Ehe er etwas sagt, schnappt er nach Luft, als müsse er erst Atem oder Mut schöpfen, aber irgendjemand unterbricht ihn dann gleich, und da er nicht weiß, wie er sich durchsetzen kann, wirkt er immer so, als sei er stumm, genau wie die Zackenbarsche und Brassen, die er aus dem Meer holt.

»Sechshundert oder tausend, es werden so viele, wie es dem

Herrn gefällt«, erklärt Agatino Spanò. Er ist groß und hager, seine von der Sonne ausgebleichten blonden Locken werden von einem schwarzen Band zusammengehalten, und seine Haut ist von tiefen Falten durchzogen.

Nora näht schnell und präzise. Wenn die Kammer des Todes sich rund um den Schwarm schließt und die Gaffhaken wie Pfeile treffen, wird sich zeigen, ob die Arbeit gut ausgeführt ist, ob die Maschen, die gerade durch ihre Finger gleiten, der gewaltigen Kraft von Hunderten Thunfischen standhalten können, von denen der kleinste einen Doppelzentner wiegt. »Es werden mehr als sechshundert sein, es werden mehr als tausend sein, es werden so viele sein, wie unser Heiliger es will«, fängt Toni Spagnolo an zu singen. Er ist ein stämmiger Kerl mit kleinen Augen, dessen ganze Schönheit sich in perfekten, sinnlichen Lippen konzentriert, fast wie die von einer Frau, und der stets in einem leicht schwankenden Gang läuft, als hätte er sein Boot nie verlassen, den Kopf immer ein wenig geneigt, um plötzlichen Wellen die Stirn zu bieten.

Der Erste, der in die Cialoma einstimmt, ist Raìs, die anderen folgen nach und nach, raue Stimmen und Finger, die jetzt in einem anderen Takt arbeiten.

Viu ca sunnu chiù di seicento,
beni nni vosi lu nostru Santu.

Ich sehe, dass es mehr als sechshundert sind,
unser Heiliger hat uns sein Wohlwollen gezeigt.

Mehr als sechshundert, mehr als tausend, ganz nach dem Willen Gottes.

Über einer Masche des Mustazzu-Netzes kreuzt sich der Blick des Raìs mit dem von Nora. *Du wirst werden, was du sein musst*, scheint er zu sagen, und es ist eine stumme Investitur, eine Amtsübergabe ohne Rituale und Feierlichkeiten, die diejenigen, die sie bezeugen könnten, gar nicht mitbekommen, eine nachträgliche, kurze Initiation, gerade genug, um einem ganzen Leben einen Sinn zu verleihen. Nora hingegen erfasst sie und krümmt sich unmerklich, als könne sie durch ihr Zusammenkauern die Kälte verjagen, die ihr bis ins Mark gedrungen ist.

Seit dem Tag, an dem sie als kleines Mädchen mit dem Raìs in der Muciara aufs Meer hinausgefahren ist, hat Nora ununterbrochen beobachtet, gelernt, sich ausprobiert und bewiesen, dass Talent zur Hälfte im Blut liegt und zur Hälfte in der sturen Disziplin desjenigen, der dieses Schicksal wählt oder der dafür auserwählt wird. Sie fuhr hinaus gegen jedes Gesetz des Meeres, mal als Muciaru, mal als Marinarotto, mal als Faraticu und immer als Versprechen, ob auf Glück oder Unglück, würde sich erst noch erweisen. Während sie in der Muciara bis zur Punta Sottile oder in der Vinturera bis hinaus aufs offene Meer fuhren, entlang an Grotten und Klippen aus rosafarbenem Marmor und Onyx, brachte ihr der Raìs das Nötige bei, und Nora lernte, sich dem Schwanken der verschiedenen Boote anzupassen, lernte, auf der Vinturera die Gerüche von Holz, Wasser und Algen zu unterscheiden, lernte, die Vasceddri mit den Netzen und Ankern zu beladen und wie man sie steuerte.

Die Fischer von Katria ließen sich schließlich wie der Rest der Inselbewohner von der Kraft des Aberglaubens überzeugen. Sie dachten zwar weiterhin, dass Frauen auf den Booten nichts zu suchen hatten und dass der neue Raìs eines Tages einer von ihnen sein könnte oder einer ihrer Söhne, die bereits mit den Aufgaben bei der Tonnara vertraut waren, die zweifellos Männersache war, aber man verbringt nicht ein ganzes Leben auf einem Boot zwischen Himmel, Meer und Wind, ohne zu lernen, mit dem Schicksal zu verhandeln, auf Vorzeichen zu achten und das Unheil zu fürchten, das der Bruch mit einer Tradition auf sie ziehen könnte, und so fuhren sie verwundert jeden Tag mit diesem kleinen Mädchen aufs Meer, das unter ihren Augen zur Frau und zum Tonnaroto heranreifte. Sie wussten nicht so recht, wie sie sich ihr gegenüber verhalten sollten, und am Ende behandelten die Älteren sie mit der gleichen raubeinigen Zuneigung, die sie ihren eigenen Söhnen und Enkeln gegenüber hegten, und die Jüngeren mit der groben Zärtlichkeit älterer Brüder. Von einem Tag auf den anderen war Noras Kindheit vorbei und wechselte über in eine kurze und bittere Pubertät, aus der sie gestählt hervorging und empfänglich für die geringsten Schwankungen in den Stimmungen, Farben, Gerüchen und Strömungen von Katria.

Jedes Jahr gab es wieder eine Mattanza nach dem uralten Rhythmus, und Nora übte sich von Neuem in Geduld beim Flicken der Netze, übte wieder die Technik, wie diese ins Wasser abzusenken waren, übte sich im angespannten Warten und im heiligen und blutigen Ritual des Abschlachtens. Sie lernte, dass das Meer die Dunkelheit war und dass es dort, je weiter man in seine Tiefen vorstieß, umso mehr von einem stillen und grausamen Leben wimmelte, etwas, das die funkelnde Wasseroberfläche nicht vermuten ließ. Sie lernte, dass das Meer Kampf, Verstellung, Betrug bedeutete, endlose Wasser, in denen man sich verstecken und verirren konnte, wo Tore, Wege und Zeichen verborgen waren, die nur zu erkennen vermochte, wer sein ganzes Leben nie etwas anderes getan hatte, als es Tag und Nacht zu beobachten. Sie lernte die Rituale, mit denen man den Fang begünstigt, dass man Öl vergießt, um die aufgewühlte Meeresoberfläche zu glätten, dass man ein Schafsfell ins Wasser wirft, um die Thunfische von einer Kammer in die nächste zu locken, oder schwarze Erde, um sie zu verwirren, dass man damit droht, das Bildnis von San Cono ins Wasser zu werfen, der natürlich nicht ertrinken möchte und daher helfen muss.

Nora verknotete die letzte Masche und legte die Arbeit ab. Die Netze waren fertig. Die Fischer kehrten nun in ihre Häuser zurück, um auf den Beginn der Tonnara zu warten; beim nächsten Sonnenaufgang würde Saro Vitale sie mit lauter Stimme ankündigen, der eigens wegen seiner durchdringenden Stimme und seiner chronischen Schlaflosigkeit dafür ausgewählt worden war.

Susitivi che è ora!

»Steht auf, es ist Zeit!« Dieser Ruf riss Katria aus einem Schlaf, der eine ganze Saison angedauert hatte, schreckte noch zu weit entfernte Thunfischschwärme auf, hallte von den Klippen wider und verkündete dem Meer, der Erde und dem Himmel, dass Gott sei Dank nun alles wieder von Neuem begänne, wie seit Jahrhunderten schon oder vielleicht sogar Jahrtausenden.

Cruciatu war die erste Phase der Tonnara, hier wurden die Fundamente für ein Haus gelegt, dessen Kammern aus Tauen gebaut und von Ankern gehalten wurden. Nora arbeitete ohne Rücksicht auf sich selbst an dieser spektakulären Unterwasserarchitektur und bewies, dass sie wusste, was sie zu tun und wie sie zu handeln hatte. Man musste ihr keine Anweisungen geben oder ihr etwas erklären, denn sie hatte jahrelang beobachtet, zugehört, sich Dinge eingeprägt und Muskeln, Willen und Disziplin dafür trainiert. Sie kehrte mit aufgeschürften Händen und schmerzendem Nacken heim in dem Bewusstsein, dass sie schaffen konnte, was ihr als Schicksal zugeteilt war und was allen, einschließlich ihrer selbst, immer weniger abwegig vorkam.

Die Strategie war ziemlich einfach. Sie bestand aus Ordnung

und Zähigkeit. Dazu gehörte, vor Sonnenaufgang aufzustehen, sich beim Herablassen und Hochziehen der schweren Taue die Hände aufzuschürfen, stundenlang das natürliche Bedürfnis einzuhalten, das ein Mann am Bug stehend verrichten kann, den Kopf wegzudrehen, wenn einer dies tat, die Muciara zu steuern oder die Vinturera und die beiden Boote blind anhand des unterschiedlichen Geruchs von Algen und Holz zu unterscheiden. Die Strategie war, zu arbeiten, ohne etwas infrage zu stellen, Netze zu flicken, im Meer die Strukturen für Cura, Isula und Spicu zu legen und zu fixieren und die Cialome anzustimmen, die Mut machten und von der Sünde freisprachen, dass man tötete, um zu überleben. Die Strategie war, zu akzeptieren, dass man Anführer wird, indem man sich zum Knecht macht, dass, wer dient, befiehlt und dass, wer befiehlt, dafür bezahlt.

Zur selben Zeit, als die Mannschaft die Stahlseile im Meer versenkte, fiel die Witwe Alcamisi vor der Votivkapelle der Madonna del Soccorso tot um, die Blumen und Kerzen noch in der Hand und mit einem wütenden Ausdruck auf dem Gesicht, den nicht einmal Donna Maruzza, die aus ehrlicher Berufung heraus die Toten herrichtete, abmildern konnte. Sie ging von dieser Welt, ohne tiefe Freundschaften, wichtige Erinnerungen oder auch nur ein Testament zu hinterlassen. Auf der Beerdigung versammelte sich das ganze Dorf, bis auf Nicola Valenti, denn der nahm die Fähre nach Trapani und kam noch am selben Tag zurück, ohne jemandem zu erzählen, warum und weshalb. In der Stadt ging er aufs Postamt – in Katria wäre das zu sehr aufgefallen – und sendete ein Telegramm, das fünf Stunden später in Sewastopol seinen Empfänger erreichte. Zwei Wochen später sahen alle, die gerade an der Mole standen, von der letzten Fähre Gero Alcamisi an Land gehen, der 1942 in Russland gefallen war und nun rechtzeitig zur Mattanza im Juni zurückkehrte.

»Nach dem Krieg hatte er mir seine Adresse geschickt mit der Bitte, ihm Bescheid zu geben und ihn nicht zu verraten. Was hätte ich tun sollen?«, erklärte Nicola Valenti allen, die ihn fragten. Man erfuhr also, dass damals, als Concetta Russo, verwitwete Alcamisi, einen leeren Sarg begrub, eine Messe nach der anderen lesen ließ und die Avancen von Paolino Mosca zurückwies, um das Andenken an ihren Mann nicht zu beschmutzen, der in Stalingrad wahrscheinlich mit Kartonstücken statt Schuhen an den Füßen und in Gedanken bei seiner so weit entfernten Frau gestorben war, dass damals also Gero Alcamisi von der Frontlinie am Don in einem entlegenen Winkel der Welt mit einem unaussprechlichen Namen desertierte und wenig später Irina Ignatschenkowa heiratete; eine hässliche, aber herzensgute Frau, mit der er sechsunddreißig wunderbare Jahre verbringen sollte und Wirsing auf eisigem Land anbaute mit derselben Hartnäckigkeit, mit der er früher Thunfische aus dem Meer von Katria geholt hatte, endlich fern von seiner schönen, heißblütigen, aber absolut unerträglichen Gattin, die er am anderen Ende der Welt zurückgelassen hatte.

Am selben Tag, an dem Gero Alcamisi von den Toten wiederauferstand, fuhr Nora mit Raìs in der Muciara aufs Meer, und die Mannschaft sammelte sich rund um die Boote, die noch nicht ausgefahren waren, um erneut zu warten. Dreizehn Tage und immer noch kein Signal vom Raìs, die Strömung war immer noch nicht günstig, und die Muciara fuhr zweimal, auch dreimal am Tag hinaus, um die Richtung zu prüfen. An diesem Morgen spürte Nora auf sich die gesamte Last des Privilegs, den Raìs auf seine Fahrt zum Beobachten der Strömung zu begleiten und seine Anspannung, Verantwortung und Erwartung zu teilen.

»Heute machst du das«, befahl ihr Raìs. Nora schob die Hände in den Sack, holte etwas Erde heraus und warf sie mit einer ausladenden Armbewegung ins Wasser. Die schwarze Erde folgte der Strömung.

»Die Richtung stimmt immer noch nicht. Wir kommen später noch einmal«, entschied sie und lenkte das Boot zur Mole zurück, wo die Mannschaft auf das Zeichen wartete, endlich hinauszufahren.

Die neue Freundschaft zwischen Lorenzo Matalotto, dem Mann mit dem Verstand eines Kindes, der immer von einem Wrack auf dem Meeresgrund fabulierte, und Gero Alcamisi, der aus Russland zurückgekehrt war, ohne dass man ihm das Geringste von den sechsunddreißig in der Fremde verbrachten Jahren ansah, überraschte alle, am meisten die beiden selbst. Sie saßen stundenlang auf den Pollern und unterhielten sich über die Zeit, die zwischen den Fähren verging, und darüber, dass man das eigene Leben nicht zu schwer nehmen sollte. Sie erzählten einander von ihren Träumen und schmiedeten Pläne. Als Gero das alte Boot von Saro Vitale kaufte, es zusammen mit Lorenzo neu anstrich und verpichte und schließlich verkündete, dass sie das Wrack bergen wollten, wurde dem ganzen Dorf klar, dass die Kälte in Russland ihm irgendwie das Gehirn eingefroren haben musste und dass sein Verstand immer noch der des sanften Burschen voller Träume war, der damals in einen Krieg gezogen war, den er im Grunde gar nicht kämpfen wollte. Gero und Lorenzo beluden das Boot mit zwei Taucheranzügen, drei Wasserflaschen und sechs mit Frittata belegten Broten und fuhren genau in dem Moment zum Ameisenfelsen, als Raìs und seine Enkelin die Muciara gen Osten steuerten.

Die Muciara drehte sich nach Westen, und der Raìs hob weithin sichtbar ein Ruder. In Windeseile machten sich die Tonnaroti am Strand unter lauten Lobpreisungen des Schicksals und momentan noch beschäftigungsloser Heiliger daran, die Boote ins Wasser zu schieben, während die Glocken mit ihrem Festgeläut verkündeten, dass in der Tonnara die Netze hinabgelassen wurden. Gero Alcamisi und Lorenzo Matalotto hörten sie ebenfalls und waren sich beide sicher, dass dieses Geläut ihren Fund des Schiffswracks feierte.

Das Wrack gab es nämlich wirklich, es lag vor ihnen, Schiffsschnabel und Rumpf waren deutlich zu erkennen und die Jahrhunderte voller Langeweile, die auf ihm lasteten. Nirgendwo im Gedächtnis der Zeit war eine Spur von jenem unglückseligen Tag zu finden, an dem es gesunken war, und nichts blieb von seiner wendigen Schönheit oder von dem misstrauischen, wachsamen Auge, das ein Künstler ohne allzu viel Talent in der Werft der Insel Motya auf seine Seite gemalt hatte.

Die Fischerboote erreichten die Muciara, wegen der schweren Netze lagen sie tief im Wasser. Angetrieben hatten sie die Gesänge und Anrufungen der Heiligen, die den Takt vorgaben, in dem die Ruder ins Meer getaucht und die Netze von Isula und Cura angebracht und abgelassen wurden. Auf dem Spicu du mastru thronte nun das Bild von San Cono, der in Katria Netze und Tonnaroti beschützen und für einen reichen Fang sorgen sollte. Aus dem gleichen Grund wurde der Gemeindepfarrer Don Cosimo an Bord eines Bootes bis zu dieser Stelle gebracht, wobei man äußerst vorsichtig vorgehen musste, denn der Pfarrer aß nicht nur keinen Fisch, sondern hatte auch die unangenehme Eigenschaft, seekrank zu werden. Blass und wortkarg schaffte er es gerade so eben, die Netze zu segnen und ohne Zwischenfall ans

Ufer zurückzukehren, weshalb er im Ansehen seiner Schäfchen weiter sank.

Die Boote lagen beinahe reglos da. Eine Cialoma vertrieb die Stille dieses Tages, an dem die wenigen Worte wie Zaubersprüche gesprochen wurden. Die Köpfe der Fischer wiegten sich im Rhythmus des Gesangs, vertieft in geheime Wünsche oder das, was nun zu tun war. Die Cialoma stammte aus uralter Zeit, irgendwann entstanden aus den Erzählungen der Fischer, die diese Gewässer schon vor zahllosen Jahrhunderten befahren hatten. Sie handelte von einem Gott der Thunfische, jenem Graffito, das vor Jahrtausenden von einer unbekannten Hand an die Wände einer Meeresgrotte gemalt worden war, die aus Gründen, an die sich niemand mehr erinnern konnte, Grotta del Pisano genannt wurde und zu der die Fische kamen, um diesem Gott zu huldigen. Dieses uralte Heiligtum war der wahre Grund, weshalb die Fischschwärme bis zum Archipel der drei Inseln vorstießen; sie kamen, um dieses Bild eines Thunfischs anzubeten und es anzuflehen, es möge sie vor den Haken der Menschen beschützen, die, Ironie des Schicksals, sie eben dort erwarteten.

Kommt, Thunfische, verlasst das Meer
lasst die Geheimnisse auf dem Grund zurück
kommt und betet zu eurem Gott,
dass er euch helfe, diese Welt zu verlassen.

Nora nahm den Geruch von nassem Holz auf und hörte den regelmäßigen Atem der Männer, der im Einklang mit dem des Meeres war. Sie spürte das dringende Bedürfnis, etwas zu trinken, sich die Augen auszuwaschen und die Beine zu bewegen. Langsam beugte sie sich über die Bordkante, tauchte die Finger ins Wasser, streifte die bleibeschwerten Angelschnüre, merkte, wie sie vibrierten, und dann näherte sie ihre Lippen dem Ohr des Raìs. Ohne zu zögern, nannte sie ihm den genauen Umfang des Schwarms und wie weit er von ihnen entfernt war.

Die folgenden Tage waren lang und voller Licht, bestimmt durch die Schreie der Möwen und die Wanderbewegungen der Thunfische. Durch die Glasböden einiger Boote verfolgten die Tonnaroti, wie diese riesigen Fische von einer Kammer in die nächste schwammen, während die Vinturera hin und her fuhr, um die Netze zu kontrollieren; auf der Muciara wertete der Raìs jede Information aus und lenkte jede Bewegung. Als die Thunfische schließlich in die Kammer des Todes glitten, vernahm man den Ruf, auf den alle gewartet hatten: »Holt hoch!«

Von einem der Boote aus schlug Nora ihr Gaff von der linken Seite in die Fische, zusammen mit Saro, der stark und erfahren war. Sie tötete, während aus dem Meer jedes Leben zu weichen schien, und die erstaunt aufgerissenen Augen ihrer majestätischen Opfer zeigten ihr, dass jeder Sieg zugleich ein Verlust ist. Das riesige Netz mit den Thunfischen im Todeskampf war nur eine der unzähligen Formen, in der die Natur Beute und Jäger vereinte; als Teil dieses unveränderlichen Kreislaufs tötete Nora ohne Grausamkeit oder Mitleid. Sie nahm die Augen der Tonnaroti nicht wahr, die jede ihrer Bewegungen verfolgten, auch nicht, dass deren Zweifel mit jedem tödlichen Treffer abnahmen.

An Bord der Muciara, die inmitten dieses wild tobenden Gemetzels gefährlich schwankte, lenkte der Raìs die Ausrichtung des Netzes nach links oder rechts, um das Gleichgewicht zu halten, denn wenn es riss, hätten die Thunfische nach einer der beiden Seiten freie Bahn. Nora erspähte eine unglaubliche Kraft in diesem konzentrierten Gesicht, neben einem angemessenen und tief empfundenen Schmerz, als ob ein Teil von ihm dort im Wasser in der vergeblichen Hoffnung zappelte, den tödlichen Haken zu entkommen.

Die eintausendundsechsundfünfzig Thunfische wurden wie vor hundert Jahren auf Schultern und auf Eselskarren zum *Premiato Stabilimento conserve Ittiche Filangeri da 1655* geschafft. Dort in der Fischkonservenfabrik wurde ihnen der Kopf abgeschlagen, sie wurden ausgenommen und aufgehängt, damit das Blut herausfließen konnte, das andernfalls das Fischfleisch verdorben hätte. Nora begleitete die Thunfische, bis alles vorbei war, wie ein später Ehrengruß an den Schwarm, dessen pulsierendes Leben, dessen Erhabenheit und verhängnisvolles In-die-Falle-Gehen sie miterlebt hatte.

Aus den luftigen Gängen und von Rufen widerhallenden Innenhöfen drangen der Geruch von Wasser und Blut nach draußen, ebenso das Geräusch von zerschlagenen Knochen, leiser Gesang und die Unterhaltungen der Leute, die sich vor Jahrzehnten Einsalzer, Zuschneider, Einkocher, Öler und Konservenmeister genannt hätten und die nun weitaus schneller als ihre Vorfahren die Arbeit erledigten, indem sie Maschinen und Getriebe bedienten, aber dennoch mit derselben Sorgfalt von früher arbeiteten, auf dass der Thunfisch sich in Reichtum verwandle.

Die Infanti, die seit Jahrhunderten so genannt wurden, aber keine Kinder mehr waren, sondern kräftige und starke Aushilfskräfte, die eigens von den Nachbarinseln und aus Trapani gekommen waren, trugen die Fische in die Loggia und hängten sie für die nötigen Stunden an die Schlachthaken, bis sie ausgeblutet waren. Nora erkannte den einen oder anderen dieser Tagelöhner, die mit Eimern das Blut von den Balate spülten, diesen ewig feuchten, großen Steinquadern, die den Fußboden bedecken. Es hieß, an dem Tag, an dem das Meerwasser und das Fischblut auf ihnen getrocknet wären, würde Katria aufhören zu existieren. Auch Don Tanino dei Tonni sagte, dass er erst dann sterben würde, wenn auf den Balate kein Wasser oder Blut mehr zu sehen wäre, seiner Rechnung nach also niemals.

Die Leute an den Maschinen warfen die Bänder mit den Dosen an, die andere Arbeiter dann mit Öl füllen würden, während Frauen in Kitteln und mit weißen Hauben auf dem Kopf die Qualität des Thunfischs prüften. Alle hatten sie kräftige Hände, dicke Beine und vom Schlafmangel gezeichnete Gesichter, denn es gab zwar nicht immer Arbeit, aber wenn, dann ohne festen Feierabend. Hier und dort huschten neugierige Kinder umher, sie tauchten unvermutet auf wie Geister. Plötzlich ertrug Nora den Lärm und die stechenden, fauligen Gerüche nicht mehr, all diese Menschen. Sie suchte Zuflucht im Marfaraggiu, jenen niedrigen Tuffsteingewölben, wo sich Netze, Taue, Bojen auftürmten und endlich Stille herrschte. Nora gestattete sich einen kurzen Moment im Dunkeln für sich allein, ohne an etwas zu denken und ohne etwas zu tun. Sie hatte nicht viel Zeit, sie musste nach Hause gehen und sich für das Fest vorbereiten, das man am Ende jeder Mattanza im Baglio, dem Innenhof des Marfaraggiu, feierte.

Im Baglio plauderte der hagere, pedantische Amministratore Ribaudo mit Conte Filangeri, einem fülligen, lächelnden Herrn, der Lebensfreude ausstrahlte und nichts an sich hatte, was besondere Begabungen verriet, mal abgesehen von der großen Intelligenz, die in seinen kleinen blassblauen Augen aufblitzte. Man sah ihm nicht an, dass er von Adel oder reich war oder dass man ihn in ganz Europa wegen eines Autorennens kannte, das seinen

Namen trug und für das Menschen vom Kontinent nach Sizilien strömten. Seit vier Jahrhunderten war die Fertigungsanlage im Besitz seiner Familie, sie hatte diese als Geschenk von einem Vizekönig im Gegenzug für einen pikanten Gefallen bekommen. 1655 hatte die Fabrik ihren Namen erhalten, mit einer offiziellen königlichen Lizenz und einem Wappen, demselben, das man auch heute noch auf alle Dosen mit Thunfisch in Öl druckte, die diese Fabrik verließen, und auf die wenigen mit Thunfisch in Salzlake, die dort noch produziert wurden. Die Vorfahren des Conte waren nicht nur berüchtigte Verführer und Schwerenöter gewesen, sondern auch weitsichtige Unternehmer, und sie hatten keine technische Neuerung ausgelassen, die auf Messen und Weltausstellungen in Europa und Übersee vorgestellt wurden. Daher waren inzwischen Dampfkessel an die Stelle von Pötten und Brennholz getreten, Öl wurde durch Salz ersetzt und Glas durch Blech, und Katria lebte weiterhin von den Thunfischen, die in seine Gewässer kamen, und von jener Arbeit, die alle Inselbewohner vereinte, ihnen Lebensrhythmus und ihre Feste vorgab, Inhalt ihrer Gespräche war und die Augen und den Bauch sättigte. Das Dorf war rund um die Tonnara entstanden, hervorgegangen aus uralten Ansiedlungen, von deren Existenz niemand von ihnen mehr etwas wusste.

»Bei uns hat es immer eine Tonnara gegeben, seit Anbeginn der Zeit. Hier ziehen seit jeher die Thunfischschwärme durch«, sagte Lehrer Pennisi, der zwar unsympathisch war, aber über vieles Bescheid wusste und zum Beleg Gaffspitzen, Bootsknoten und verrostete Angelhaken zusammentrug, die die Fischer in ihren Netzen hochzogen und die hundert oder tausend Jahre alt sein mochten, wer konnte das schon sagen. Der Lehrer sammelte solche Dinge aus Leidenschaft: Er wartete am Morgen auf die hereinkommenden Boote und fragte die Fischer, ob sich etwas in ihren Netzen verfangen hätte. Diese gaben ihm dann, was sie gefunden hatten, eine kleine Münze oder den Henkel einer Amphore, sie teilten seine Leidenschaft nicht, waren aber immer höflich, denn im Grunde störte Lehrer Pennisi niemanden. Er machte kein Geheimnis daraus, dass er in Katria ein Meeresmuseum einrichten wollte, und sprach immer und mit allen darüber in dem peinlichen Bemühen, jemanden zu finden, der seine Begeisterung teilte. Auch der Raìs hatte sich ihm gegenüber großzügig gezeigt, er hatte dem Dorflehrer Münzen und eine winzige Öllampe geschenkt; das Einzige, von dem er sich niemals getrennt hätte, war ein in der Mitte durchbohrtes Gewicht von einem Webstuhl, das sein Ururgroßvater auf dem Pizzo Diavolo gefunden hatte. Seit damals trugen alle Raìs das Gewicht als Amulett um den Hals, nachdem sie es von ihrem Vorgänger zusammen mit ihrem Schicksal geerbt hatten. Auch an diesem Abend hing es um seinen Hals, zum Teil unter dem Hemd verborgen.

Nora beobachtete, wie Conte Filangeri mit großen Schritten zum Raìs eilte, der etwas abseits stand. Sie sah, wie sie einander die Hand gaben und der Raìs die formellen Glückwünsche mit demselben Gesichtsausdruck entgegennahm wie immer, nämlich als würde die Sonne ihn blenden. Im gleichen Moment betrat die Familie des Grafen den Baglio, gemeinsam mit Don Cosimo und dem Lehrer, beide kamen gern als Letzte, als wären auch sie von Adel.

»Eleonora Greco, ich bin erfreut, dich wiederzusehen«, begrüßte sie Contessa Filangeri. Die Gräfin war eine Engländerin und hatte ein lang gezogenes Gesicht mit etwas pferdehaften Zügen, dazu rote Hexenhaare und wässrig blaue Augen, aber sie hatte so eine Leichtigkeit im Umgang, mit der sie jeden für sich gewinnen konnte, und einen lustigen Akzent, der für Heiterkeit sorgte.

»Guten Abend, Contessa Filangeri«, murmelte Nora, während sie sich innerlich dafür verfluchte, nicht rechtzeitig gegangen zu sein. Sie hasste es, Konversation zu machen. Vor allem mit Menschen, die sie kaum kannte, war das für sie eine Qual.

»Ein schöner Fang, wie immer hier in Katria. Schade nur, dass ich keinen Thunfisch mag, und ehrlich gesagt halte ich mich nicht einmal gern länger auf der Insel auf. Für mich ist es hier einfach zu heiß«, plauderte die Contessa, um die Stille zwischen ihnen zu füllen, und Nora dachte, dass sie absolut keine Lust hatte, sich dieses Geschwätz anzuhören. Sie sah voller Hoffnung zu Raìs und Matteo Martorana, der gerade vorbeilief, aber niemand kam ihr zu Hilfe. Stattdessen gesellten sich die beiden Söhne der Filangeri zu ihnen.

Der ältere musste um die zwanzig sein, schätzte Nora. Er war groß und nach der aktuellen Mode gekleidet, was ihm das Aussehen eines Revoluzzers verlieh, absolut unangemessen für seinen Stand. Der jüngere war so alt wie Nora. Im Gegensatz zu seinem Bruder wirkte er attraktiv und hatte nichts vom Vater noch von der Mutter außer den höflichen Umgangsformen und einem ständigen Lächeln auf den Lippen.

»Ciao«, begrüßten sie sich, ohne zu begreifen, warum sie verlegen waren, was sicher am Standesunterschied lag. Nora würde die Grafen noch reicher machen, aber Katria nie verlassen, während die beiden durch Europa reisen und sich mit den Verdiensten anderer schmücken würden. Aber das war nur ein Moment, ein Gedanke, der ihnen durch den Kopf schoss und sich dann unausgesprochen im bereits gut gefüllten Baglio verlor.

»Ich weiß, dass du mit zum Fischen hinausfährst, ist das nicht zu anstrengend für ein Mädchen?«, fragte der Jüngere. In seiner Stimme lag keine Bosheit, nur ehrliches Interesse und ein Hauch von Zärtlichkeit, der Nora nicht entging. Sie konnte ihm nicht mehr antworten, weil das Läuten einer Glocke, geschwungen von Don Tanino dei Tonni, dem über Hundertjährigen, der sich durch seine Weigerung zu sterben diverse Privilegien und Ehren verdient hatte, Schweigen befahl.

Nora sah sich um. Das ganze Dorf hatte sich versammelt, Donna Vincenza, Donna Sara, Peppe Vino e Cucina, auch Rosina vom Postamt, einfach alle. Der Conte und Raìs standen vor der großen Mauer mit den Steinplatten, auf denen die Mattanzas und die Namen derer eingraviert waren, die auf dem Meer ihr Leben gelassen hatten. An einer Ecke verdeckte ein Tuch die letzte Platte, die man noch am selben Tag graviert hatte. Don Cosimo sagte ein paar vollkommen überflüssige Worte, und dann enthüllte der Conte die neue Tafel und schüttelte Raìs die Hand, der sich unter dem Applaus des ganzen Dorfes zu einem angedeuteten höflichen Lächeln genötigt sah.

Im Jahr 1978 erbrachte die Tonnara von Katria
1056 Thunfische.
Gabella Filangeri
Amministratore Ribaudo
Raìs Andrea Lombardo

Ganz im alten Stil verfasst, da der Graf sehr auf Tradition hielt. Auf den Gesichtern aller Anwesenden lagen Stolz und Freude, und wenig später wurde der großartige Imbiss aufgetischt, zu dem die Filangeri einluden, während die Kapelle aus Blasinstrumenten und Gitarre – Peppe Vitale, Luciano Tedesco, Cicco Spiga, dazu noch andere Mitglieder der Dorfbanda, die in Katria Prozessionen, Beerdigungen und Nationalfeiertage musikalisch begleitete – eine unglaubliche Mischung aus den Hits der Nomadi und sizilianischen Tarantellas darbot.

Lehrer Pennisi tanzte mit Rosina vom Postamt. Sie hatte seinem Werben nachgegeben, nachdem ihre wahre Liebe zum Arbeiten nach Frankreich gegangen war; daraufhin hatte sie beschlossen, dass sie die schicken Anzüge und die bescheidenen Ansprüche eines im Grunde guten Mannes lieben könnte, eines Mannes, der sie nicht von heute auf morgen sitzen lassen würde, um ans andere Ende der Welt zu gehen.

Don Cosimo wagte sich an eine Tarantella und riskierte dabei, über seine Soutane zu stolpern, aber er war durchaus anmutig und machte die allerbeste Figur.

Noras Eltern tanzten einen langsamen Blues der Nomadi Wange an Wange wie zwei Teenager, während Flavia mit ihrem Verlobten, der auf Urlaub hier war, turtelte und Laura, die inzwischen sechsundneunzig Kilo bei einer Größe von einem Meter achtundfünfzig auf die Waage brachte, sich in einem Heißhungeranfall mit Dessert vollstopfte.

Gero Alcamisi sprach mit den Filangeri über die Entdeckung des Wracks und schlug dabei ständig Lorenzo Matalotto auf die Schulter, der so glücklich war wie noch nie in seinem Leben. Wahrscheinlich handelte es sich bei ihrem Fund um ein schmales phönizisches Schiff, das vor über zweitausend Jahren auf Motya gebaut worden war, einer kleinen Insel in der Nähe.

Die Tonnaroti feierten maßvoll, sprachen vom Fischfang, von Ruhetagen, vom Kalfatern und vom Verpichen und forderten ihre Frauen, die sich für diese Gelegenheit schön gemacht hatten, zur Quadriglia auf.

Nora tanzte mit Matteo Martorana, der mit ihr nicht übers Fischen redete, sondern über Musik und einen Film, den er in Trapani im Kino gesehen hatte. Mit ihren Jeans mit Schlag, der weiten weißen Bluse mit Stickerei und den über die Schulter fallenden offenen Haaren wirkte Nora wie ein Blumenkind, wozu auch die Sandalen mit Plateausohle beitrugen, die ihr Vater ihr am letzten Sonntag aus Trapani mitgebracht hatte.

Raìs aß ein mit Ricotta gefülltes Cannolo und tauschte mit dem Verwalter ein paar Überlegungen aus. Wie üblich verabschiedete er sich zeitig.

Auf dem Heimweg wurden die Kopfschmerzen, die ihn den ganzen Abend geplagt hatten, schlimmer, außerdem kribbelte es in seinen Händen und Füßen. Ein Schwindelgefühl, wie er es noch nie erlebt hatte, ließ ihn taumeln, als wäre er betrunken, und er dachte, dass er wirklich erschöpft sei und dass er sich den nächsten Tag freinehmen sollte. Den ganzen Abend hatte er Mühe gehabt, den Unterhaltungen der anderen zu folgen und ihnen zu antworten, als redeten sie durch eine verschlossene Tür mit ihm.

Während er auf der Veranda im Schein der Lampe, der die Nachtfalter anlockte, auf seine Enkelin wartete, kehrte die Zeit an seinen Anfang zurück. Er erinnerte sich an ein Kinderlied, das ihm seine Mutter vorgesungen hatte, an das Kleid aus blauer Seide, das seine Luisa zur Verlobung getragen hatte, an den ersten aufbegehrenden Thunfisch, den er nicht mit dem Gaffhaken erlegen konnte; er erinnerte sich an einen Befehl, den er vor Jahren einem Tonnaroto gegeben hatte und den dieser nicht mehr ausführen konnte, da er direkt danach vom Meer verschlungen wurde, und alles ging auf einmal drunter und drüber in seinem Kopf durch alle Altersstufen, durch seine Vergangenheit, doch seine Gegenwart fehlte. Instinktiv spürte er, wie dieses Leiden über ihn kam, ohne Vorankündigung von seinem Verstand Besitz ergriff und seinen Körper in Ketten legte, während es um ihn herum neue Grenzen, Labyrinthe und Gräben zog. Er nahm wahr, wie Fenster zuschlugen und wie eine Tür knarrend zuging, und ihm blieb noch genug Zeit, um Trauer zu empfinden, ehe er für immer in dieser neuen Welt zu Kristall erstarrte, auf die sich sein Blick ganz wie früher richtete, als ob er von zu viel Licht geblendet wäre.

Bei ihrer Rückkehr begreift Nora sofort, was geschehen ist, das hat sie schon bei der ledigen alten Cousine erlebt, die auch ihre Taufpatin war. Sie weint nicht, sie verzweifelt nicht, ganz ruhig geht sie zum Haus gegenüber, um Hilfe zu holen. Tommaso Martinez, der dort wohnt und gerade heimkehrt, steht ihr als Erster bei und braust auf seiner alten Lambretta davon, um Dottor Basile zu holen. Nora bleibt bei Raìs, der fortgegangen ist und auf der Bank seinen halb lebendigen Körper und seinen verstümmelten Geist zurückgelassen hat. Sie umklammert seine Hand, zum ersten Mal streichelt sie ihm über die Wange, und hier auf der Veranda, zwischen der Haustür und dem Gartentor, neben dem Myrtenstrauch und während oben in der Macchia ein wilder Kater schreit, wird Nora schließlich zu dem, was ihr seit jeher bestimmt ist – dem letzten Raìs von Katria; und es überrascht sie, dass sich an diesem Ort, den sie doch so genau kennt, der geprägt ist vom Thymianduft und dem Granatapfelmuster der Fliesen, ihr Schicksal erfüllt, rücksichtslos und viel zu früh.

1979

Die Tonnara mit ihren vier Phasen hatte gerade wieder begonnen: Cruciatu, das Spannen und Fixieren der Verankerungsseile, Calatu, das Ausbringen der Netze, Mattanza, das Töten, und Salpatu, das Einholen und Einlagern der Reusenanlage, wonach alles bis zum nächsten Jahr aus dem Kopf verbannt war. Nora hätte die Route mit geschlossenen Augen fahren können, Cala Nica, Punta Faro, der Ameisenfelsen. Die Route blieb immer dieselbe, auch im Dorf, eine ewig gleiche Abfolge von Ritualen, Begrüßungen, Schritten; und im Dorf wie auf dem Meer legte der neue Raìs seine grundsätzliche Strategie fest und webte sich stur ein Netz aus immer gleichen Bewegungen, die Nora von der Ognissanti-Gasse zum Postamt, vom Dorfladen bis zur Kirche, von der Krankenstation bis zur Telefonzelle, von der Mole zum Marfaraggiu führten; denn was für den Cruciatu der Tonnara galt, an dem man die Netze befestigte, galt auch für die Struktur, an der ihr Leben hing: Sie durfte nicht ins Wanken geraten, und es durfte keine losen Maschen geben, durch die das sinnlose Chaos der Gefühle über sie hereinbrechen könnte.

Der Neid, wenn sie ihre Altersgenossinnen Händchen haltend mit ihren Freunden flanieren sah, die Tränen, die sie am liebsten geweint hätte, wenn sie die nun kraftlosen Finger von Raìs drückte, ihre Sehnsucht, in die Welt hinauszugehen und zu entdecken, was hinter Katria und den benachbarten Inseln lag, all das waren nichts als Gefahren, die man meiden musste. In Noras eiserner Disziplin steckte eine animalische Kraft, eine Kraft, die von weit her kam und die sie nie verließ, von dem Zeitpunkt an, wenn sie bei Sonnenaufgang die Fenster öffnete, bis zu dem Moment, wenn sie am späten Abend auf der Veranda wegdöste.

Raìs lebte jetzt bei seiner Tochter, umsorgt und geliebt, aber inzwischen für niemanden mehr erreichbar.

»Das Haus vom Raìs darf nicht leer sein«, hatte Nora am Tag nach dessen Schlaganfall beschlossen und verkündet, dass sie bleiben würde, wo sie war, auch allein.

Ihr Entschluss hatte für eine lange Diskussion gesorgt, und am Ende hatte man sich darauf geeinigt, dass Laura zu ihr ziehen würde.

Die Schwester war so gesprächig wie Nora schweigsam und so disziplinlos wie sie pflichtbewusst, aber sie stritten nie miteinander oder diskutierten über ihre gegensätzlichen Standpunkte. Eleonora akzeptierte widerstandslos den ständig laufenden Fernseher, die Bee-Gees-Songs und Lauras Redebedürfnis über ihren fortwährend neuen Liebeskummer, der danach in solchen Unmengen Pasta erstickt wurde, dass man davon die Mannschaft eines ganzen Fischerboots hätte satt bekommen können.

Drei Tage in der Woche übernachtete Laura bei Verwandten in Trapani, wo sie die Krankenschwesternschule besuchte.

»Ich will hierbleiben und in der Krankenstation arbeiten, ich will nicht weg von Katria«, erklärte sie mit einer gewissen Bangigkeit, als wollte sie jemand um jeden Preis von der Insel vertreiben. Als Einzige der drei Greco-Schwestern zog dann Flavia fort, als sie ihren Langzeitverlobten heiratete, der Arbeit in Marsala gefunden hatte.

Nora verbrachte den Winter damit, Raìs zu besuchen, die Bücher zu lesen, die ihr Vater ihr aus Trapani mitbrachte, die Netze und Verpichung der Boote zu kontrollieren – und auf die erste Mattanza zu warten, die sie allein anführen würde.

»Ich habe Angst, Raìs«, sagte sie, aber der immer noch beeindruckende alte Mann zeigte keine Regung, saß nur sanft lächelnd da wie eine Heiligenstatue, an die man sich wendete, um eine Gnade zu erflehen, ein Gebet zu entrichten oder eine Klage vorzubringen.

»Ich wollte das nicht, niemand hat mich je gefragt, Raìs«, sagte Nora, obwohl sie wusste, dass sie sich dadurch auch nicht von den Erwartungen, den Wünschen und den Zweifeln von Frauen, Männern, Himmel, Meer und Bergen befreien konnte, die ebenfalls auf die nächste Wanderung der Thunfischschwärme warteten. Die Insel wirkte, als würde sie irgendetwas ausbrüten – Erdbeben, Stürme und Vulkanausbrüche, die sich dann doch nie ereigneten. Luft, Wasser und Erde waren erfüllt von einer ungeheuren Anspannung, durch die die Besorgnis nur noch wuchs.

Die Frauen waren unruhig und lauschten auf jedes Geräusch; zu jeder Zeit sahen und deuteten sie Zeichen in der Macchia, die den Berg bedeckte, in den Wolken, die sich über dem Kirchturm zusammenballten, in der Stimme und in den Pech-und-Honig-Augen von Nora Greco, die nun das Schicksal von ihnen allen in der Hand hielt.

Die Tonnaroti machten keinen Hehl aus ihrer Sorge, ob ihre frühere Entscheidung, einer alten Legende zu folgen, nun zu einer Gefahr für ihre Existenz werden könnte; jeder von ihnen hatte sein ganzes Leben auf dem Meer verbracht, und demnächst würden sie nur kraft einer uralten Überlieferung Befehle von einem jungen Mädchen befolgen. Michele Santangelo säte den Zweifel in den anderen, die hin- und hergerissen waren zwischen ihrem Wunsch, einer alten Geschichte treu zu bleiben, und ihrer Angst, dabei Boot und Brot zu verlieren.

»Niemand zwingt uns dazu. Und wenn es schiefgeht? Wie viel Geld und Zeit zu vergeuden können wir uns leisten, nur um einem Märchen zu folgen?«, wiederholte er jeden Abend vor den anderen Männern, während Peppe den Wein ausschenkte. Niemand widersprach ihm, aber es stimmte ihm auch niemand zu. Allein Nicola Valenti sagte etwas, und zwar im gleichen Tonfall, mit dem er in der Nacht von Eleonoras Geburt alle überzeugt hatte, das Glas auf sie zu erheben.

»Ihr habt doch gesehen, wie sie sich auf den Booten bewegt, wie sie dem Schwarm folgt, wie sie die Strömungen erkennt. Und sie ist vom Blut des Raìs. Warten wir dieses Jahr ab, dann wird man sehen.«

»Und wenn es dieses Jahr schlecht läuft, was bringe ich dann nach Hause? Was sage ich meinen Kindern?«, wandte Michele Santangelo ein. Aber niemand sagte etwas darauf. Sie würden abwarten.

Nicola Valenti zückte ein Taschentuch, tupfte sich Stirn und Nacken ab und steckte es zurück in den Ärmel. »Sie sind noch nicht hier.«

Tommaso Martinez hustete und beugte sich hinunter zum Glasboden des Bootes.

»Es dauert nicht mehr lange.«

Seit Tagen warteten sie darauf, dass die Thunfische in die Kammer des Todes schwammen, sie flüsterten miteinander, nur um sich zu erinnern, dass sie noch da waren, summten ganz leise Wiegenlieder, um sich selbst Gesellschaft zu leisten, bis sie schließlich verstummten und sich im Schiffsrumpf zusammenkauerten, die Köpfe mit T-Shirts und Mützen gegen die Sonne geschützt, jeder von ihnen versunken in die eigenen Gewissensbisse, Wünsche oder Erinnerungen. Als sie schon überlegten, zurückzufahren, und mit von der Hitze verwirrten Augen die Strömungen erforschten, gab Raìs den Befehl.

Nora ruft sich ins Gedächtnis, was man ihr beigebracht hat: Alles steht und fällt mit dem Gleichgewicht der Kräfte, aber manchmal muss das Gleichgewicht gebrochen werden, um ein anderes zu erzeugen, manchmal muss Chaos herrschen, damit etwas Neues entstehen kann. Während sie jedes leichte Schwanken des Netzes ausgleicht, spürt sie, wie die Erschöpfung sie niederdrücken will, dennoch zwingt sie Handgelenke, Hüfte, Knie und Arme, weiter ihren Dienst zu tun. Ihr Magen krampft sich zusammen, ihr Atem stockt, ein vollkommenes, weil kurzlebiges Glück. Der Schwarm ist eine flüchtige Erscheinung, ein Gewimmel aus Leben und Angst, das auf ihre lauten Befehle hin von Kammer zu Kammer gleitet.

»Löst und holt hoch!«

Als Tribut an einen uralten Ritus opfern sich die Thunfische und schwimmen in die letzte Kammer, wo sie der Tod genau in dem Moment überrascht, wenn sie das Leben am intensivsten spüren.

Jetzt sind sie dort drin.

»Holt hoch!«, ruft Nora, während ihr Schicksal sich im wild bewegten Strudel zwischen dem Ameisenfelsen und der Punta Faro entscheidet.

»Holt hoch!« Sie hat keine anderen Wünsche und kein anderes Ziel als das, was sie gerade lebt. Sie hat das Meer, auf dem sie sich verstecken kann, wenn das Land ihr Angst macht. Sie hat Bücher gelesen, hat Erzählungen gelauscht, die Stimmen aus dem Radio und dem Fernsehen sind zu ihr durchgedrungen, sie weiß daher von fernen Städten, von breiten Flüssen und Gletschern, von Kriegen, die siegreich ausgingen oder verloren wurden, von Gesetzen, die Rechte und Pflichten festlegen oder diese auf den Kopf stellen, und in manchen Augenblicken weiß sie genau, dass sie ein Teil von alldem ist, dem Wehen des Grecale wie dem Brummen einer Fliege, weiß, dass sie gleichzeitig Mann und Frau, Luft, Fels, Wasser, Licht, Gras, Qualle ist und dass sie nur zufällig den Körper einer Frau hat, und ihr Herz und Verstand sind im Reinen, leer gefegt und gelüftet wie ein verlassenes Zimmer.

»Holt hoch!« Jetzt spürt sie die Bitterkeit im Herzen und auf den Lippen. Katria, das sie umgibt, umzingelt, umsorgt, ist groß genug, ein Universum, das man mit dem Auge erfassen kann, ein Universum aus Dingen, die, um sich zu verändern, erst sterben müssen.

»Holt hoch!« Es gibt nur einen Weg, dem sie folgen kann, einen Weg aus Wasser und Salz, nur eine Sicht der Dinge, und falls irgendeine Stimme ihr jemals einreden wollte, dass es noch andere Formen des Daseins gäbe, dann könnte sie ihre Lügen noch so laut schreien, Nora würde sich davon niemals in Versuchung führen lassen.

»Holt hoch!« Noras Stimme schallt frisch und laut übers Meer. Die Tonnaroti schließen die letzte Kammer. Saro Vitale stimmt die Cialoma an:

Jesus Christus mit allen Heiligen
und dem Heiligen Heiland,
ihr erschuft Mond und Sonne,
ihr erschuft viele Menschen,
ihr erschuft die Fische im Meer,
die Thunfische und die Tonnaras,

Versprechen und Bruch des Versprechens,
und dieser Gott soll uns dabei helfen.

Als sie begannen, die Netze hochzuholen, machte die Cialoma dem anfeuernden Ruf »*Nianzò!*« Platz, der in schneller Abfolge wiederholt wurde, bis der erste Gaffhaken ins Fleisch traf. Die Thunfische wanden sich wie wild, als sie dort auf viel zu kleinem Raum zusammengedrängt wurden, und die kleinsten wurden schon von den größeren erdrückt. Irgendwo bäumte sich einer der sagenumwobenen Pisci malu auf und drohte, die Netze zu zerreißen: ein großherziger Schwertfisch, der dem Schwarm vorangeschwommen war, um ihn vor den Haifischen zu beschützen, indem er sie mit seiner Waffe pikte – und jetzt starb auch er. Die Tonnaroti rammten den Thunfischen einem nach dem anderen ihr Gaff in den Leib und hoben sie, während Blut und Wasser spritzten, ins Boot, in dem latenten Bewusstsein, dass dort, mitten auf dem Meer unter ihren Schreien und der ganzen Mühsal, Gott ihnen ein weiteres Zeichen dafür gab, dass die Welt so funktionierte, wie sie sollte.

Eine gedämpfte, eher unterschwellige Freude ging durch das ganze Dorf. Türen und Fensterläden öffneten sich weit, die Luft, die still gestanden hatte, setzte sich wieder in Bewegung. Alle, von den Jüngsten bis zu den Alten, liefen zusammen, um der Mattanza des neuen Raìs beizuwohnen. Neunzehn Jahre lang hatten sie sie mit den Augen behütet, vor jeder Gefahr beschützt, in einem gläsernen Schrein aufbewahrt wie eine kleine Heilige, von der man Wunder erwartete, und jetzt, wo sie von der Mattanza mit neunhundertdreiundsiebzig Thunfischen zurückkam, jetzt, wo das gesamte Dorf an der Mole zusammenlief, um ihr stummen Dank zu zollen, jetzt, wo Conte Filangeri ihr gratulierte und Amministratore Ribaudo ihr die Hand schüttelte und Don Cosimo den Fang segnete, jetzt hatten sie endlich den Beweis, dass der vor Jahrhunderten auf Katria gelegte Fluch wieder einmal abgewendet worden war.

Als sie mit neunhundertdreiundsiebzig Thunfischen zurückkehrte, als das gesamte Dorf an der Mole zusammenlief, um ihr stummen Dank zu zollen, als Conte Filangeri ihr gratulierte und Amministratore Ribaudo ihr die Hand schüttelte und Don Cosimo den Fang segnete, als all dieses geschah, kam es Nora vor, als wäre es schon hundert Mal geschehen, und sie begriff, dass dies ihr Schicksal gewesen wäre, selbst wenn sie die freie Wahl gehabt hätte. Sie empfand weder Stolz noch Unbehagen, nur eine ungeheure Erschöpfung und die tiefe innere Gelassenheit desjenigen, der getan hatte, was er tun musste.

»Ich gratuliere. Ich hatte ja meine Bedenken, verständlicherweise, aber Sie haben bewiesen, dass Ihnen diese Arbeit im Blut liegt. Es ist genau, wie man im Dorf sagt. Übrigens, Dottor Ribaudo hat mir erzählt, dass neue Boote benötigt werden und vielleicht auch andere Netze.«

Die Sätze des Conte blieben in der Luft hängen, nahmen weder Melodie noch Form an. Er hatte die glatten Hände eines Mannes, der sie selten zur Arbeit benutzt, und die lächelnden Augen von jemandem, der immer mit sich selbst im Reinen ist.

»Ich muss gehen«, entschuldigte Nora sich ohne wirklichen Grund und sah nach den Thunfischen, die einer nach dem anderen die Boote verließen. Für Glückwünsche, Überlegungen, Pläne wäre später noch Zeit, ihr ganzes Leben lang.

Zur gleichen Zeit besorgte Donna Mara, die geschäftstüchtige, mürrische Frau von Peppe Vino e Cucina, sich in aller Heimlichkeit Genehmigungen und andere Dokumente; sie erzählte, dass die Arbeiten am Haus nötig wären, falls ihr Sohn Alberto doch einmal heiraten würde, den Trottel würde so ja keine Frau nehmen, und eröffnete an einem sonnigen Morgen vollkommen überraschend die erste Pension auf Katria.

Lehrer Pennisi und Gino vom Postamt gefiel diese Idee ausgezeichnet, sie stempelten jeden im Dorf, der dagegen war, als rückständig ab, also alle anderen einschließlich des Pfarrers. Alle auf der Insel teilten das gleiche Misstrauen dem gegenüber, was von der anderen Seite des Meeres kam, unsichtbare Brücken, die Feinde und Unheil brachten, Schiffe und ihre Passagiere und Touristen bildeten da keine Ausnahme.

Don Tanino dei Tonni, der wie immer auf seinem Flechtstuhl vor der Tür saß, fasste die Meinung der Mehrheit in einem einzigen, denkwürdigen Ausruf zusammen.

»Warum zum Teufel sollten wir uns Fremde ins Haus holen?«, sagte er während der Feier zu seinem hundertsechsten Geburtstag, zu dem sogar der Bürgermeister aus Levanto gekommen war und der im Innenhof des Marfaraggiu mit einem Ständchen der Dorfbanda und einer Riesentorte festlich begangen wurde.

Die ersten Touristen gingen Anfang des Sommers an Land. Das Dorf beobachtete sie hinter angelehnten Fensterläden, musterte sie genau und verurteilte sie gnadenlos.

Sie waren rot und verschwitzt, derangiert und schlecht angezogen, riefen einander mit unangenehm hart klingenden, unverständlichen Lauten und wirkten schon auf den ersten Blick unsympathisch. Vincenza Lo Galbo erklärte, sie seien unglaublich hässlich. Rosalba Rollo ergänzte, sie würden stinken, Provvidenza Lo Cascio hingegen hielt sie für dumm, und der Pfarrer verdammte sie als vulgär, weil sie halb nackt herumliefen.

Gino vom Postamt, Peppe Vino e Cucina und Lehrer Pennisi hingegen nahmen die Touristen am Hafen in Empfang, brachten sie zu der bescheidenen Pension und versuchten mit Händen und Füßen, sich mit ihnen zu verständigen. Nora sah sie vorbeiziehen, während sie in ihrer formlosen Kleidung und mit Mütze bei den anderen Tonnaroti saß und an den Netzen arbeitete. Die Fremden schauten sich neugierig um und machten ungefragt Fotos von den Fischern, aber das war Nora egal. Erst als Donna Mara zu ihr kam und ihre absurde Bitte an sie richtete, wurden auch ihr diese Leute langsam unsympathisch.

»Niemand wird als Tourist auf unseren Booten mitfahren.«

»Nicht auf euren, Raìs, sondern auf dem von meinem Sohn Alberto; sie werden Abstand halten. Sie wollen nur Fotos machen, wie ihr die Netze ins Wasser absenkt.«

Aber Nora ließ nicht mit sich reden, und Donna Mara zog schließlich mit mürrischer Miene ab, um den enttäuschten Touristen zu erklären, dass der Raìs Nein gesagt hatte.

»Die ist noch sturköpfiger als ihr Großvater«, erzählten später sie und ihr Mann, konnten sich aber nicht eingestehen, wie sehr sie sich gewünscht hätten, dass ihr unnützer Sohn Alberto wenigstens einen Funken der Entschlossenheit von Nora Greco gehabt hätte.

Kurze Zeit nachdem die Touristen wieder abgereist waren, bewegte ein anderes Ereignis das ganze Dorf. Rosina heiratete schließlich Lehrer Pennisi, weil ihre große Liebe nun endgültig in Frankreich in einer Schuhfabrik das Glück gefunden hatte, und dann war es schon besser, ohne viel Gewese das zu nehmen, was da war.

»Du hast recht daran getan, man braucht schon einen guten Grund, um Katria zu verlassen, mindestens einen Krieg oder eine Hungersnot, und wer aus einem anderen Grund geht, wird für immer zu einem Fremden«, meinte Don Tanino dei Tonni.

Das Hochzeitsfest war fröhlich und romantisch, der Bräutigam übertraf die Braut an Eleganz, und die Pracht der Feierlichkeiten ließ die Verwandten von Gino vom Postamt, die aus dem Norden gekommen waren und eine Woche blieben, sprachlos zurück. Nora wurde mit der gesamten Familie eingeladen und von ihren Schwestern genötigt, nach Trapani zu fahren, um dort neue Kleider zu kaufen. Die meisten ihrer Altersgenossinnen waren schon verlobt, ganz offiziell mit Ringen und dem grünem Verlobungskonfekt, denn auf der Insel hielt man an Traditionen fest und gab reichlich wenig auf die Veränderungen der wilden Siebzigerjahre, die weit entfernt tobten. Niemand schien jedoch den Mut zu haben, den Glasschrein zu zerschlagen, in den man Nora seit ihrer Geburt gesteckt hatte und wo sie sich inzwischen richtig wohlfühlte. In sich gekehrt, höflich, aber distanziert, zog der Raìs jeden Morgen die riesige dunkelblaue Jacke ihres Großvaters an wie eine schützende Hülle, verbarg die Haare unter einer Mütze, kam als Erste zur Mole oder ins Marfaraggiu und vollzog all die traditionellen Handlungen, die Katria seit Jahrhunderten bewahrte. Und in allen Tätigkeiten, die ihre Hände zu verrichten gelernt hatten, versanken die Gefühle, von denen sie noch nicht wusste, wie sie sie kontrollieren sollte. Die Angst davor, Fehler zu begehen und das Dorf zu enttäuschen, das ihr blind vertraute. Die Sehnsucht, die sie hinterrücks in den unpassendsten Momenten erfasste, gegen ein Schicksal zu rebellieren, das sie nicht selbst gewählt hatte. Die Freude, die sie jedoch nie offen zeigte, wenn sie Matteo Martorana auf die Mole oder ins Marfaraggiu kommen sah, der immer etwas in der Hand hatte, an dem er knabberte, und so wirkte, als könnte er nur sein, wo auch sie war.

Weitere Touristen kamen im September, sie unterschieden sich in nichts von ihren Vorgängern, und alles begann von vorn: Sie wurden im Hafen empfangen und gingen mit ihren Rucksäcken und Reisetaschen durch die engen Gassen hinauf zur Pension. Am Nachmittag sah man sie voller Vorfreude in Mimmo Parlatores Boot steigen für eine Tour zu den Höhlen und Klippen der Umgebung; am nächsten Morgen wurden sie schon früh gesichtet, wie sie in ihren hässlichen orthopädischen Sandalen zum Pizzo Diavolo aufbrachen, dessen Spitze sie dann genau zur sengendsten Mittagssonne erreichen würden. Um sieben Uhr abends waren sie immer noch nicht zurück.

Es war der Lehrer, der Alarm schlug und Daniele dei Muli zusammen mit Saro Vitale und Matteo Martorana losschickte, um sie zu suchen. Sie waren zwar Fischer, kannten aber auch alle Wege und gefährlichen Abgründe des Monte Hiera genau. Als alle schließlich doch heil und gesund zurückkehrten, entlockte das Donna Mara ein Lächeln, dem Pfarrer ein Dankgebet und den kleinen Jungs in den Gassen einige feixende Gesten, die die Touristen als Willkommensgruß auffassten. Die Fremden waren zwar komisch und übertrieben neugierig, aber im Grunde doch gute Menschen, und das Dorf ließ sich schließlich davon einnehmen, wie überaus verloren sie wirkten, es änderte auf der Stelle seine Meinung und verwöhnte sie nun mit Bootstouren, unzweckmäßigen Souvenirs und unvergesslichen Festessen. Die Touristen schossen Hunderte Fotos, besuchten die Fischkonservenanlage, wagten sich sogar, wenn auch mit vor Ekel leicht verzogenem Gesicht, an Seeigel und Meeresschnecken heran, aber dass der Raìs eine knapp zwanzigjährige Frau war, drang nicht zu ihnen durch, denn so war es beschlossen, und niemand auf Katria hätte sich verplappert und dieses Geheimnis verraten.

Francesca Montaperto, an der immer noch der Schandname »Svergognata« klebte, stellte sich eines Morgens mit einem Klapptisch vor Donna Maras Pension und bot dort wunderschöne Sachen an. Sie hatte Pareos in allen Farben genäht und sie mit seltenen Muscheln dekoriert, hatte aus alten Netzstücken und Schwimmern Ketten gefertigt und bot diese Waren nun den entzückten Touristen an. Niemand schien das zu erstaunen, weil Francesca Montaperto schon immer genau das Gegenteil von dem gemacht hatte, was sich gehörte; sie lebte mit einem Mann zusammen, der nicht ihr Ehemann war, sie verkaufte vollkommen nutzlose Dinge, und vor allem lief die Zeit bei ihr rückwärts wie die Krebse; während alle anderen älter und hässlicher wurden, wurde sie mit den Jahren immer jünger und schöner. Schon am ersten Tag, an dem sie sich mit ihrer Ware vor die Pension stellte, hatte sie innerhalb einer Stunde alles verkauft und gab Donna Mara einen kleinen Anteil, die plötzlich die Toleranz für sich entdeckte und mit der Zeit ging.

Das Kleid, das Nora sich für die Prozession ausgesucht hatte, war ärmellos, knielang, mit einem schmalen Gürtel um die Taille und aus einem Stoff in einem mehrfarbigen geometrischen Muster. In Trapani hatte sie auch neue Sandaletten, eine silberfarbige Haarspange und rosa Lipgloss gekauft. Als sie am Tag der Prozession zu Ehren der Madonna del Soccorso das Haus verließ, sah sie vollkommen verändert aus: Sie hatte die Haare im Nacken zusammengebunden und die Ohrringe aus Bernstein angelegt, die die Farbe eines ihrer Augen aufnahmen. Viel lieber hätte sie das Gewand der Bruderschaft getragen wie alle anderen Tonnaroti, aber ihre Schwestern hatten ihr das Versprechen abgenommen, dass sie sich zeigte, wie sie war, eine Frau und stolz darauf, es zu sein.

Schon seit Tagen wurden in den Häusern die Altäre mit Stolen, drei Orangen und drei Stück Gelato di Campagna geschmückt, einer dreifarbigen Süßigkeit aus Zucker, Mandeln oder Pistazien, die im Mund schmolz wie Eis, und von den Balkonen hingen bestickte Tücher.

Wer es einrichten konnte, war für diesen Anlass heimgekehrt, aus dem Norden, sogar aus Amerika, und bewies damit, dass der Ausspruch von Don Tanino, wer wegginge, würde für immer zu einem Fremden, verdammter Unsinn war.

Die Prozession führte von der Kirche über den Corso, durch die Gassen und engen Straßen, dann am Meer entlang bis zur Madonna del Soccorso an der Punta Lunga. Obwohl die Strecke unwegsam war und zum größten Teil steil anstieg, nahm das gesamte Dorf teil. Nora führte die Tonnaroti an, die alle das Gewand der Bruderschaft trugen: knielange Hosen aus braunem Samt, Kniestrümpfe, grüne Jacke. Die gleichen Farben hatte Nora für ihr Kleid gewählt. Auf der Trage zu Füßen der Madonna lag der Kopf des größten Thunfischs, der bei der diesjährigen Mattanza gefangen worden war.

Nora war nicht bewusst, dass diese Prozession für sie so etwas wie eine Weihe bedeutete. Stattdessen ging sie im Kopf schon durch, was am folgenden Tag zu tun war. Gaffhaken, Boote und Taue kontrollieren, *Gegrüßet seist du, Maria, voll der Gnade*, die Netze im Lager aufschichten, *Du bist gebenedeit unter den Weibern*, die Muciara verpichen, *Gebenedeit ist die Frucht deines Leibes*, die Maschen der Isula reparieren, *Heilige Maria, Mutter Gottes*, mit Amministratore Ribaudo wegen der nötigen Dokumente reden. Den Blick von Matteo Martorana bemerkte sie durchaus, aber nur so wie den leichten Stich einer Nadel.

1983

Vom vielen Warten, ohne dass sie selbst oder sonst jemand es bemerkte, vom verstohlenen Betrachten ihres Profils, ihrer unterschiedlichen Augen und dem Bogen ihres Nackens unter der Fischermütze waren bei Matteo die Kiefer stets zusammengepresst, der Hals verspannt und seine Seele verdammt zu einer ebenso unbeirrbaren wie unerfüllten Liebe. Er unterbrach das Verpichen des Boots, schaute auf und musterte gegen die Sonne den Eingang der Fabrik, damit er Nora beim Herauskommen nicht verpasste, *mein Leben, mein Blut, du und keine andere gibt es auf ewig, sonst soll ich im Meer ertrinken.* Dann nahm er seine Arbeit wieder auf, geduldig, stur, alles in allem so wie die Maultiere, die sein Cousin Daniele in den Bergen hielt, doch er wirkte, als würde ihn die Last seiner Liebe erdrücken.

Ohne dass er je zu irgendjemandem ein Sterbenswörtchen darüber verloren hätte, hatte er alle Ungewissheiten durchlitten, die aus einer Liebe entstehen können, ohne jedoch dafür durch deren Freuden entschädigt zu werden, aber das passte schon für einen wie ihn, eine anständige Seele, die sich treu wie ein Hund um alles kümmerte, was seine Aufmerksamkeit forderte. Er hatte sie seit dem Moment geliebt, als sie zum ersten Mal auf der Muciara mitgefahren war, zunächst so wie eine kleine Schwester, auf die man aufpassen muss, und dann leidenschaftlich, ohne je zu zweifeln oder in seiner Liebe nachzulassen.

Oft war es ihm gelungen, ihre Aufmerksamkeit zu erregen, indem er sie ansprach wie ein normales Mädchen, das aus irgendeinem seltsamen Grund dort unter den Fischern gelandet war, er hatte ihre Finger gestreift, wenn er ihr beim Hochholen der Netze half, oder hatte ihr Sterne und Horizonte gezeigt; aber Nora blieb hinter Glas, wie in einem Spiegel, und es war unmöglich, zu ihr durchzudringen. Er betrachtete ihr Moped, ein blaues Ciao, das dort in der Nähe parkte und schon ziemlich in die Jahre gekommen war, sodass es nur noch durch ein Wunder zusammenhielt. Warum zum Teufel kaufte sie sich kein neues?

Nora grüßte ihn auf die Entfernung mit einem Kopfnicken. Sie trug ein weißes T-Shirt und einen langen, bunten Rock, der an Karren, Tamburine und in der Nacht lodernde Lagerfeuer erinnerte und ihr das Flair von einer aus dem fahrenden Volk verlieh, obwohl sie noch nie länger als einen Tag von Katria fort gewesen war. Er winkte sie zu sich, dabei hatte er ihr eigentlich nichts zu sagen, aber seine Hand hatte sich von allein gehoben, fast als ob sein verspannter Körper keine Lust mehr hätte, auf seinen Kopf zu warten. Während sie auf ihn zukam, verlor er sich wieder einmal im Anblick ihres wohlgeformten Körpers, er ging im Geiste all seine Ängste durch, dann nahm er sie beiseite und fragte: »Was hat Ribaudo gesagt?« Er kam sich wie ein Vollidiot vor, weil ihm nichts Besseres als Grund eingefallen war.

»Er sagt, dass die Filangeri dieses Jahr wegen der Einweihung des Meeresmuseums früher gekommen sind«, informierte sie ihn.

»Ich habe gestern gesehen, wie sie an Land gegangen sind. Er hat das Motorrad mitgebracht. Er bittet mich hin und wieder, nach seiner Ducati zu schauen, da die vielen Steine hier auf den Straßen sie beschädigen.«

Nora sagte nichts mehr, und Matteo machte sich wieder daran, das Boot zu verpichen, ein altes Fischerboot; es hatte bei vielen Tonnaras gute Dienste geleistet und wirkte nun etwas griesgrämig, wie manchmal Gegenstände, wenn sie zu lange leben.

Die Zwölf-Uhr-Fähre lief ein. Ein Sonnenstrahl fiel auf Noras Gesicht, und als ob das für sie das Zeichen gewesen wäre, fuhr sie mit ihrem Moped davon und überließ Matteo dem Kommen und Gehen der Fischer, der Möwen und seiner konfusen Gedanken.

Ihr Ciao hatte er so oft für sie repariert, dass er aus dem Kopf eines wie dieses hätte nachbauen können. Er kannte sich mit Motoren aus, Boote und Mopeds waren wie ein offenes Buch für ihn. Er mochte es, wenn seine Hände etwas zu tun hatten, ganz egal womit, denn er hatte den Eindruck, je mehr sie arbeiten würden, desto mehr würde sein Kopf sich von den Gedanken befreien, die ihn beschäftigten. Er war sich nicht sicher, ob er wirklich Gut von Böse unterscheiden konnte oder Echt von Falsch, das Mögliche vom Absurden. Nur bei seiner unbeirrbaren Liebe, Nora *süßes Blut sein Leben nur sie und für immer*, zweifelte er nie.

Er nahm sich eine Pause von seiner Arbeit und seinen unsteten Gedanken und betrachtete das Meer, das sich endlos vor ihm ausbreitete. Sein Blick glitt ganz langsam über die Silhouetten der weit entfernten Buchten, die Umrisse der Schwesterinseln, dann über die glitzernde Wasseroberfläche, und plötzlich erfüllte ihn dieser Fluch aus Grau, Blau und Grün, aus Fels-Himmel-Wasser, die sich ihrer Ewigkeit bewusst waren, mit einer tiefen Freude; er spürte, dass er Teil dieses Stücks vom Universum war, das seit Jahrtausenden die Menschen mit der ihm innewohnenden Schönheit überwältigte, sie anzog, in seinen Bann schlug und vernichtete, es eliminierte die Schwächeren durch Unglücksfälle und Hunger und gewährte den Stärkeren nur zu einem hohen Preis das zweifelhafte Privileg des Überlebens. Nur die Stärksten blieben übrig und würden für immer bleiben, sie klammerten sich an die Felsen wie Seeigel oder Schwämme, denn ihre Liebe zu diesem Stück vom Universum bemaß sich nicht an Reichtum oder den sich daraus ergebenden Freuden, sondern sie war eine dunkle Krankheit, die in ihnen wucherte wie Krebs.

»Matteo.« Nicola Valentis ernst klingende Stimme riss ihn aus seinem Moment innerster Zufriedenheit. Matteos Blick wandte sich dem Mann mit ergrautem Bart und blauen Augen zu, die auch jetzt noch Ruhe ausstrahlten, während er ihm erzählte, was gerade bei der Punta Lunga vorgefallen war.

Auch in diesem Jahr waren die Filangeri also zur Mattanza gekommen, dachte Nora grimmig, während sie ihr Moped über die unbefestigten Straßen steuerte. Etwas an dieser eigentlich banalen Tatsache hatte sie immer schon gestört, als würde allein die Anwesenheit der Grafen auf der Insel in gewisser Weise ihre untergeordnete Stellung bestätigen. Ihnen gehörte ja die Fischfabrik, sie rüsteten die Tonnara aus und investierten jedes Jahr gewaltige Summen auf eigenes Risiko. Sie verbrachten ihr Leben zwischen London, Paris und Palermo, sie trafen die Entscheidungen und waren frei, während Nora selbst und die anderen sommers wie winters auf der Insel verblieben und ihr ganzes Leben nach dem Rhythmus der Tonnara ausrichteten, die ihnen nicht gehörte und in der sie nichts beschließen durften. Für die Filangeri, so dachte Nora, war Katria nur ein Zeitvertreib, ein Name, in dem gerade so viel Nostalgie mitschwang, um ihnen in den Salons und Aufsichtsräten einen gewissen herrschaftlichen Glanz vergangener Zeiten zu verleihen.

Sie stellte ihr Moped auf der Veranda ab. Dann ging sie ins Haus und legte in einem Aktenordner die Dokumente ab, die ihr Amministratore Ribaudo übergeben hatte. Beinahe, als wäre sie hier nicht zu Hause, beäugte sie die perfekte Ordnung auf dem Regal mit den gleich hohen, nach Verlagen geordneten Büchern in den gleichen Farben, die hübschen Fotos an den Wänden, ihr kleines buntes Frauenreich, und alles kam ihr auf einmal fremd und kitschig vor. Plötzlich erkannte sie sich nicht mehr wieder in den Räumen, die sie bewohnte, in dem Bild, das der Spiegel von ihr zeigte, nicht einmal in den Kleidern, die sie trug, als würde allein ihre Arbeit ihr eine genau definierte Identität verleihen und alles andere wäre nur Verkleidung. Sie war eine Frau, und das Leben, zu dem sie bestimmt war, vermochte an dieser unbestreitbaren Tatsache nichts zu ändern. Der Gegensatz darin unterstrich den Umstand sogar noch, und viele erstaunte die Anmut und Weiblichkeit dieser Frau, die einem für starke und legendäre Männer gemachten Beruf nachging.

Sie schaltete das Radio ein, um etwas Gesellschaft zu haben, und ein Lied von Antonello Venditti begleitete ihre alltäglichen Handgriffe. Während sie Zwiebeln schnitt und Wasser für die Pasta aufsetzte, musste sie, ohne es zu wollen, an Matteo denken, an seine Art, sich zu bewegen und mit ihr zu sprechen, wobei sein Ton nur für sie bestimmt zu sein schien, und daran, wie er ihre Momente des Schweigens verfolgte, wie ein Musiker, der eine Partitur mitlas. Auch wenn sie im Boot oft kaum mehr als einen Gruß wechselten, blieben sie doch immer zusammen, als wäre der eine der Schatten der anderen. An seiner Seite fühlte sie sich beschützt, so wie sonst nur an der des Raìs.

Als sie Salz ins Wasser gab, kam ihre Schwester im Laufschritt herein. Nora konnte kaum verstehen, was sie sagte, weil sie so außer Atem war.

»Die Filangeri, der Conte und seine Frau. Sie sind mit dem Motorrad verunglückt, die Klippe runtergestürzt, bei Punta Lunga.«

Wie einem geheimen Aufruf folgend, versammelten sich die Menschen allmählich auf der Piazza. Erst trudelten die Alten ein, dann kamen die Kinder und schließlich alle anderen.

»Die Ärmsten. Das waren gute Menschen«, lautete der Nachruf von Don Tanino, der damit das Startzeichen gab für einen Chor aus Seufzern, Vermutungen, Flüchen und Berichten. Manche sagten, sie hätten die beiden ganz früh am Morgen auf der Ducati vorbeifahren sehen, andere erzählten im Brustton der Überzeugung, dass die Contessa das Motorrad gesteuert hätte, und es gab sogar welche, die meinten, sie hätten noch auf Kilometer Entfernung ihre Schreie gehört, als die beiden in die Tiefe stürzten, und den Aufprall des Motorrads auf den Felsen. Das Übliche eben, wie man auf Katria die Langeweile bekämpfte, man musste nur ab und zu den Mut aufbringen, Dinge zu erfinden und dann selbst daran zu glauben.

Matteo ging zu Nora. Sein unergründlicher Gesichtsausdruck ließ alle Interpretationsmöglichkeiten offen, was ihm gerade durch den Kopf gehen mochte.

»Das Motorrad hat Totalschaden«, berichtete Tommaso Martinez, der als einer der Ersten nach Punta Lunga geeilt war.

»Sie sind schon unterwegs, um die Leichen zu bergen. Vielleicht schicken sie sogar einen Hubschrauber«, ergänzte Saro Vitale, danach sagte keiner mehr etwas. Einige Frauen gingen in die Kirche, um zu beten, andere machten sich auf den Weg nach Punta Lunga, um zu helfen oder um besser zu begreifen, was dort passiert war, wer wusste das schon. Matteo sah Nora tief in die Augen, als suchte er darin die Bestätigung für etwas. Und als er ebenfalls zum Unfallort aufbrach, sah sie ihm lange hinterher, ehe auch sie die Kirche betrat, um zu beten.

Später bestätigte das Radio – als ob es noch einer offiziellen Bestätigung bedurft hätte –, dass der bekannte Unternehmer

Ignazio Filangeri und seine Frau Anne Collins bei einem tragischen Unfall ums Leben gekommen seien, und zwar auf der kleinen Insel Katria, wo eine ihrer Konservenfabriken ihren Geschäftssitz hatte.

Vielleicht war es das Wort »Konservenfabrik«, weswegen die Insulaner das Gesicht verzogen, vielleicht ja auch die Eile, mit der man im Radio zu etwas anderem überging, aber alle fühlten sich in ihrer Überraschung und ihrem Schmerz in gewisser Weise betrogen. Die schweigsamen Fischer, die misstrauischen Angestellten, die sturen Ziegen- und Maultierzüchter – alle spürten klar und deutlich, dass ihre Insel nichts zählte, dass sie kaum mehr als ein gerade so eben aus dem Meer aufragendes Stück Fels war, das sie als Geiseln hielt, aber das war nur ein kurzer Moment. Dieser nicht zu ertragende Gedanke verflüchtigte sich sofort wie das Radiogekrächz, und Katria wurde für sie wieder das Maß aller Dinge, mit dem das Universum zu rechnen hatte.

Die Beerdigung fand andernorts statt, aber in Katria erinnerte eine besondere Messe an die Filangeri, Unternehmer, Philanthropen, Gründer der Fischfabrik und Ausstatter der Tonnara, großzügige Unterstützer der Bruderschaften, des Wohltätigkeitsvereins, der Restaurierungsarbeiten an den drei Votivkapellen und des Meeresmuseums, dessen Einweihung auf unbestimmte Zeit verschoben wurde.

»Wussten Sie, dass die Filangeri kurz davorstanden, die Tonnara zu verkaufen?«

Amministratore Ribaudo richtete sich die Brille, und das Licht fiel so auf die Linsen, dass seine Augen kurzfristig verschwunden waren. Sein kleines Büro war sonnendurchflutet, und Staubpartikel schwebten träge in der still stehenden Luft.

»Sie wollten verkaufen? Warum? An wen?«, fragte Nora und

wunderte sich, dass ihre Stimme so ruhig wie immer klang. Nichts ließ vermuten, dass sie innerlich aufgewühlt war.

»Seit Monaten standen sie mit einer japanischen Konservenfabrik in Verhandlung.«

Ribaudo verzog unwillkürlich das Gesicht, was unterstrich, dass er daran nicht beteiligt war. Er hatte ein runzliges Gesicht, und ihn umgab ein muffiger Geruch, der nie verging, als ob die Kleider direkt an seinem Körper getrocknet wären.

»Und wird die Tonnara nun trotzdem verkauft?« Nora kam es vor, als ob ihr ein riesiger Bissen von etwas Unverdaulichem im Hals stecken geblieben wäre.

»Der Verkauf ist gestoppt, zu einer Unterschrift ist es nie gekommen, und die Söhne haben nicht die Absicht, sich von der Tonnara zu trennen. Das Angebot erschien ihnen nicht angemessen, und andere Geschäfte laufen gerade besser als gedacht, daher sehen sie keinen Grund dafür.«

»Wenn sie verkauft hätten, also wenn die Tonnara in andere Hände übergegangen wäre, hätte sich dann etwas für uns geändert?«

»Ich glaube nicht, dass die Thunfischjagd, so wie wir sie hier betreiben, beibehalten worden wäre. Ich glaube, dass ein anderer Eigentümer lieber rationalisiert hätte.«

»Rationalisiert«, wiederholte Nora fast lautlos, als ob sie dieses Wort zum ersten Mal hörte und es nun vor sich hin murmeln müsste, um sich seiner wie in einem Zauberritual zu bemächtigen.

»Ja, Raìs, rationalisiert.«

»Rationalisiert«, sagte Nora erneut, und dieses Mal erschreckte ihre Stimme den schmächtigen Mann. Sie klang so eisig, so distanziert.

Nora wusste genau, dass seit einiger Zeit eine kaum abzuwendende Bedrohung über der Tonnara schwebte. Flotten mit hochgerüsteten Fangschiffen aus Asien zogen durchs Mittelmeer, fingen die vorüberziehenden Thunfische ab und hinderten sie an ihrer jährlichen Reise zu den wärmeren Laichgründen. Sie ignorierten die uralten Kreisläufe der Tiere, der Menschen und des Wetters, sperrten die Fische in Käfige, die sie dann auf hoher See verankerten oder in Häfen schleppten, wo man noch zu kleine Thunfische künstlich mästete, bis sie dann erschossen und weit weg zu den asiatischen Märkten verschifft wurden. Fliegende Tonnaras wurden sie genannt, vielleicht wegen der raubtierhaften Geschwindigkeit, mit der sie den traditionellen Tonnaras die Schwärme wegfischten, sodass eine nach der anderen für immer schließen musste.

Sie waren bereit, uns zu verraten, uns den Dolch in den Rücken zu stoßen, uns an Fremde zu verkaufen. Nora und Ribaudo verständigten sich in einem schnellen Blick, Zeichen einer unterschwelligen, nie in Worte gefassten Komplizenschaft.

»Es wird keinen Verkauf geben. Das steht vorerst fest. Aber ich erzähle Ihnen das, weil Sie auch andere Optionen in Erwägung ziehen sollten. Man weiß nie, was passieren kann.«

Sie ging auf seine Worte nicht weiter ein, als ob er gar nichts gesagt hätte: Für Nora Greco gab es keine anderen Optionen, und Amministratore Ribaudo wusste das nur zu gut.

»Die Filangeri hätten also verkauft.«

»Der Conte wollte eigentlich nicht, aber die Contessa war eine praktische Frau. Sie zog den, nennen wir es mal, unmittelbaren Gewinn vor. Und sie hasste die Mattanza, so wie sie es überhaupt hasste, nach Katria zu kommen.«

»Wer weiß davon?«

»Ich, Sie, die Erben Filangeri. Sonst niemand, glaube ich.«

Sie sind genau im richtigen Moment von der Klippe gestürzt.

Nora formulierte stumm diesen furchtbaren Gedanken, kostete ihn aus, Wort für Wort, ohne vor dem wilden Chaos aus Groll und Erleichterung in ihrem Kopf zurückzuschrecken, das sie erfüllte.

Nachdem Nora gegangen war, streckte sich Amministratore Ribaudo in seinem Sessel, legte die Füße gekreuzt auf den Tisch und ließ den Kopf nach hinten sinken. Das machte er immer, wenn er eine Situation einschätzen musste. Niemand anderes wusste Bescheid, hatte er ihr gesagt, aber konnte er sich dessen sicher sein? Was wusste er denn schon darüber, was die Filangeri herumerzählten und wem? Und vielleicht hatte er selbst nach zwei oder drei Gläschen bei Peppe eine Andeutung, ein Wort zu viel fallen gelassen. Eingelullt von den Sonnenstrahlen, die durch das Fenster hereinfielen, sank er in einen Halbschlaf voller Erinnerungen.

Amministratore Ribaudo kam ursprünglich aus Palermo, er hatte einen Universitätsabschluss in Wirtschaft, ein Bein, das er nachzog, einen linken Arm, der wesentlich kürzer als der rechte war, und eine Schulter, die von zwei Stahlstiften zusammengehalten wurde. Vor vielen Jahren war er an einem Morgen Anfang Mai auf Katria an Land gegangen, tadellos gekleidet, mit einem eleganten Rollkoffer und einem trägen Kater, der einen Monat danach gestorben war. Da der Bürgermeister auf einer anderen Insel wohnte, hatte er als Erstes das Gespräch mit dem Gemeindepfarrer gesucht, das war damals der temperamentvolle Don Agatino. Er hatte seinen Namen und Beruf genannt und danach die Frage gestellt, die ihm so am Herzen lag:

»Hier gibt es keine Autos, richtig?«

»Autos?«, hatte der Pfarrer wiederholt. »Was sollen wir denn damit?«

»Es gibt also keine. Nicht einmal eines?«

»Die Straßen im Dorf sind zu eng, an der Küste ist es noch viel schlimmer, und für die Berge gibt es Maultiere.«

»Garantieren Sie mir das?«

»Was soll ich Ihnen garantieren?«

»Dass es keine Autos gibt.«

Don Agatino hatte gedacht, dass die Hitze dem schmächtigen Mann wohl ein wenig auf den Verstand geschlagen sei, und ihm deshalb aus Mitgefühl eine Granita in der Bar Campo angeboten und seine Hilfe bei allem, was er brauchte.

»Garantieren Sie mir das?«, hatte Ribaudo nach einer Weile erneut gefragt, und Don Agatino, ein großer, kräftiger Mann, hatte den spontanen Wunsch unterdrückt, ihm in den Hintern zu treten, nicht nur aus christlicher Nächstenliebe, sondern auch, weil man den neuen Verwalter der Filangeri geziemend behandeln musste.

»Ich garantiere es Ihnen«, hatte er schließlich gesagt.

Er hatte Wort gehalten. In den folgenden Jahren hatten drei vorausschauende Gemeindeverordnungen das Anlanden von Autos untersagt, genau wie das Errichten von Campingplätzen und das Herumlaufen in Badekleidung im Dorf, skandalöse Zustände, die allmählich auf den Nachbarinseln einrissen.

»Das hier ist ein Paradies«, sagten die Leute vom Festland schlicht, die nun in den Zimmern von etwas zugänglicheren Leuten wohnten, wie zuvor schon Peppe Vino e Cucina, der seine beiden Zimmer inzwischen unter dem hochtrabenden Namen *Bed and Breakfast* vermietete.

Für Giuseppe Ribaudo gab es keinen schöneren Satz. Jedes Mal, wenn ihn die Schulter quälte oder wenn sein Hinkebein ihm vor Schmerzen die Tränen in die Augen trieb, dankte er Gott dafür, dass er auf Katria lebte und seinem schrecklichen

Schicksal entkommen war. In Palermo war er drei Mal angefahren worden, von drei verschiedenen Autos, und er war davon überzeugt, dass ein Fluch auf ihm lag. Das erste Auto hatte ihm das Bein zerschmettert, das zweite den Arm, und das dritte hatte ihm die Schulter zerquetscht. Drei Jahre lang hatte er sich nicht aus dem Haus gewagt. Bis zu dem Tag, an dem er von jenem gesegneten Ort gehört hatte, wo Autos verboten waren. Und solange er keine auf der Insel sah, würde er sich nicht mehr von hier fortbewegen.

Ribaudo schüttelte seine Schläfrigkeit ab und betrachtete zerstreut durch die Vorhänge einige ferne Schatten, die draußen vorüberhuschten. Er würde niemandem von dem abgewendeten Verkauf der Tonnara erzählen. Er wusste, selbst wenn er dies täte, würden sich die Fischer Blicke mit verschlüsselten Botschaften zuwerfen, sie würden nichts weiter sagen, ihre Gedanken nur mit einem Heben der Augenbraue, einem Zusammenpressen der Lippen kundtun und ihm mit ihrem Schweigen ein weiteres Mal zu verstehen geben, wie unbedeutend er für sie war, wie langweilig, ein schmächtiges, einsames Männlein, das jederzeit durch irgendjemand anderen ersetzt werden konnte, ohne dass sie dies bemerken würden. Zumindest stellte Giuseppe Ribaudo sich das so vor, obwohl er sich sehnlichst wünschte, er würde sich irren.

Er lebte ein geordnetes Junggesellenleben, in dem mit der Zeit Ambitionen und Wünsche untergingen. Manchmal versuchte er, seine Einsamkeit bei ein paar linkischen Worten mit den Dorfbewohnern in der Bar Campo oder bei Peppe zu lindern, aber sein Lachen war zu schrill, sein Lächeln zu breit, sein Wunsch zu gefallen zu offensichtlich, um ihm unter ihnen wahre Freunde zu gewinnen. Manchmal zog er sich lange Zeit ins Haus zurück, aus Angst, seine einzige Leidenschaft zu offenbaren. Und niemand wusste, was das sein konnte.

»Sie waren bereit, uns alle zu verraten«, flüsterte Nora. Der Raìs schien sie zu erkennen, sie zu verstehen.

»Sie standen kurz davor, uns zu verkaufen, als ob wir nichts wären.«

Der alte Mann verstand sie, da war sie sicher. Über sein Gesicht glitten unangenehme wie glückliche Erinnerungen, und seine Augen verrieten alles, was ihm durch den Kopf ging, wie offene Seiten in einem Buch, an dem er gerade mühsam schrieb. Manchmal, wenn der Favonio wehte, wenn die Fensterläden klapperten und das Meeresrauschen an seine Ohren drang, versuchte der alte Raìs aufzustehen, und aus seinem Mund drang ein Klagelaut wie von einer verletzten Möwe. Nora begriff, dass ihn das Meer rief. Dann sang sie ihm leise eine Cialoma vor, bis er sich wieder beruhigt hatte.

»Die Insel wird so lange weiterbestehen, wie jemand von unserem Blut die Mattanza anführt«, erinnerte sie mehr sich selbst als ihn und umklammerte ihr Amulett, das uralte Gewicht von einem Webstuhl, das nun sie wie alle Raìs vor ihr am Hals trug. Von den Absichten der Filangeri erzählte sie wie mit Ribaudo abgesprochen niemandem, denn es hätte nur für böses Blut gesorgt. Sie versuchte, die Geschichte zu vergessen, aber ab diesem Tag nistete sich ein hartnäckiger Zweifel in ihrem Kopf ein.

Zur Einweihung des Meeresmuseums kamen der Bürgermeister und der Stadtrat, der Leiter des Amts für archäologische Güter, die Blaskapelle und eine Journalistin aus Trapani. Die Erben Filangeri waren nicht anwesend, unaufschiebbare Aufgaben würden sie woanders festhalten, hatten sie telegrafiert. Das gesamte Dorf war erschienen, mit Ausnahme von Don Tanino, der beschloss, das Ganze zu boykottieren.

»Die Sachen haben tausend Jahre vor unserer Nase gelegen,

und Erde und Meer haben sie gehütet, aber jetzt nicht mehr, das ist nicht recht so!«, predigte er von seinem Flechtstuhl vor seiner Haustür in der festen Überzeugung, die Tatsache, dass der Tod ihn nicht holte, wäre der unstrittige Beweis für die Unfehlbarkeit seiner Meinungen.

Die Einweihung war das einzig wahre Ereignis im Leben von Lehrer Pennisi, der zu diesem Anlass einen hocheleganten, maßgeschneiderten Nadelstreifenanzug trug, und er hielt seine schönste Rede, die er mit der Bitte um Applaus für die Entdecker des phönizischen Wracks, Lorenzo Matalotto und Gero Alcamisi, beschloss, deren Namen auf dem Schild neben einem riesigen Foto von dem Schiff standen, das noch unter Wasser lag, das der Dezernent aber baldmöglichst und mit allergrößter Sorgfalt bergen lassen würde, wie dieser feierlich versprach. In der Zwischenzeit, fuhr Pennisi fort, könne man muschelverkrustete Amphoren besichtigen, von den Jahrtausenden geschwärzte Münzen, Öllampen und kleine Köpfe von in Vergessenheit geratenen Göttern. Die Journalistin, die von einem Kameramann begleitet wurde, führte gewissenhaft Interviews mit allen wichtigen Persönlichkeiten und verlangte dann plötzlich, auch den Raìs von Katria sprechen zu wollen.

»Er ist nicht da, er ist unterwegs«, reagierte schlagfertig der Lehrer und sah zu Nora hinüber, die auf der anderen Seite des Raums eine kleine Statue betrachtete.

»Wollen Sie nicht diesen Dupondius aus der Zeit von Germanicus fotografieren? Das ist eine ausgesprochen seltene Münze«, fuhr er fort in dem Versuch, die neugierige Reporterin abzulenken.

Nora betrachtete die kleine Skulptur vor sich. Sie bildete eine Frau ab, vielleicht eine Göttin, die eine hohe Kopfbedeckung trug und eine Tunika, die vorn in Falten bis zum Boden fiel. In den Händen hielt sie Schlangen, die wie Blitze aussahen, und auf dem Thron, auf dem sie saß, war etwas eingeritzt, wohl ihr Zeichen, ein Dreieck, darauf ein Balken, auf dem eine Scheibe ruhte.

»Tanit, das göttliche Prinzip des Weiblichen, die höchste Göttin Karthagos.«

Francesca Montaperto war plötzlich hinter ihr aufgetaucht.

»Sie hat verschiedene Namen, unterschiedliche Erscheinungsformen. Sie ist die Intuition, die Voraussicht, die Einheit aller Naturelemente.«

Francesca näherte sich der Vitrine. Nora und sie wirkten, als seien sie gleich alt, trotz des Altersunterschieds von fast zwanzig Jahren.

»Tanit, Herrin der Winde und des Meeres, ist die Verkörperung der Gegensätze, sie ist das Doppelgesichtige, sie hat ein freundliches und ein schreckliches Antlitz«, flüsterte sie, als verriete sie Nora ein Geheimnis.

Nora suchte in ihrer Erinnerung. Sie war sicher, dass sie dieses Zeichen, die vollen, leicht geöffneten Lippen der Göttin, die bedrohlichen Schlangen, die sie wie Waffen in der Hand hielt, schon einmal gesehen hatte, aber sie erinnerte sich nicht daran, wo oder wann. Sie wollte Francesca noch etwas fragen, aber da wurde sie von Rosina unterbrochen, der Frau des Lehrers, die völlig verwandelt herumging und die Fundstücke erklärte, die Funktion eines Fragments, die Herkunft einer geschwärzten Klinge, die Bedeutung einer kurzen Inschrift. Es wirkte, als hätte sie in ihrem Leben nie etwas anderes gemacht.

»Das hier ist das wichtigste Fundstück, das hat Daniele dei Muli bei den römischen Häusern gefunden. Diese kleine Amphore dagegen hat Michele Santangelo vor drei Jahren beim Ameisenfelsen aus dem Meer geholt«, sagte sie und deutete auf die Vitrinen.

Sie sprach langsam, kostete jedes Wort genüsslich aus und schickte verliebte Blicke zu ihrem Mann, der sich als leidenschaftlicher Liebhaber, geduldiger Mentor und hartnäckiger Idealist erwiesen hatte, der seine Träume zu verwirklichen wusste.

Nach und nach trudelten alle Dorfbewohner ein und liefen gedankenverloren und neugierig durch den Raum. Sie wollten sich die Gelegenheit nicht entgehen lassen, einmal etwas anderes zu tun, und starrten die Fundstücke hoch konzentriert an, als erwarteten sie, dass diese jeden Moment zu sprechen anfangen oder sich bewegen würden. Und so entdeckte Donna Vincenza, dass die wunderschöne tanzende Jungfrau auf einem kleinen griechischen Krater ein Jugendbildnis von ihr war, aber aus Scham erzählte sie niemandem davon, und Tommaso Martinez entdeckte beim Studium des großen Fotos eine perfekte Übereinstimmung zwischen dem Rumpf des phönizischen Wracks und seinem neuen Boot.

Die Journalistin beschloss, noch einen Tag zu bleiben. Sie hatte es sich in den Kopf gesetzt, den Raìs zu interviewen, und nun lief sie durchs Dorf und stellte Fragen. Einige Einwohner antworteten einsilbig, andere zeigten sich aufgeschlossener, aber niemand verriet das Geheimnis der Insel, und das kleine Presseteam musste sich damit begnügen, das Marfaraggiu und die vor Anker liegenden Boote aufzunehmen. Sie fanden nur heraus, dass nach dem Schlaganfall von Andrea Lombardo nun sein Enkel seinen Platz eingenommen hatte. Der Dialekt brachte die Journalistin auf die falsche Spur, denn die Leute konnten, ohne zu lügen, von »so niputi« sprechen, eine Bezeichnung sowohl für einen Mann oder eine Frau, und im Übrigen darauf vertrauen, dass die Vorstellungskraft der Reporterin die gewohnten Bahnen nicht verlassen würde.

»Und kann man diesen Enkel interviewen? Die Menschen interessieren sich für alte Bräuche und die Mattanza«, ließ die Journalistin nicht locker, aber man sagte ihr, der Raìs wäre gerade in Marsala und dass ab dem Abend die Zimmer leider für Touristen aus dem Piemont reserviert seien und im Übrigen die Zwei-Uhr-Fähre immer pünktlich sei, die wolle sie dann doch bestimmt nicht verpassen.

Nora betrat das kleine Geschäft, das früher der Dorfladen gewesen war. Francesca hängte gerade lange Ketten an einen Draht, den sie zu einer Puppe gebogen hatte. Die Zeit musste diese Frau vergessen haben. Sie hatte ihr die weiße Haut, die schwarzen Haare und die Amazonenhüften gelassen, die angeblich viele Liebhaber glücklich gemacht hatten. Sie hüllte ihren weichen Körper in lila-schwarz gemusterte Kaftans und band die Haare im Nacken zusammen, damit die großen Ohrringe aus Perlmutt und Korallen zur Geltung kamen. Der Laden war vollgestopft mit riesigen Muscheln, die zu Anhängern verarbeitet worden waren, Armbändern und Sandalen aus Kork und Fischernetzen, Serviettenringen aus Netzschwimmern und zahllosen anderen unnützen, aber wunderschönen Dingen wie aus einem Disneyfilm. Ihr Laden lockte neugierige Touristen an, aber auch Dorfbewohner auf der Suche nach Geburtstagsgeschenken, die gleichen Leute, die ihr vor Jahren einen Schandnamen verpasst hatten und jetzt ihre einst für unverzichtbar gehaltene Moral vergessen hatten.

Der attraktive, flatterhafte Mann, für den Francesca einmal nach Katria gekommen war, hatte sie verlassen, um woanders sein Glück und neue Liebschaften zu suchen, aber sie war geblieben, weil sie sich keinen anderen Ort vorstellen konnte, an dem sie ihre Erinnerungen an die Vergangenheit und ihre Visionen für die Zukunft festmachen konnte.

»Ich wüsste nicht, wohin ich gehen sollte und was ich anderes tun könnte als das hier. Man muss schon sehr gute Gründe haben, um diese Stille, diese Winde und all dieses Wasser aushalten zu können, die es irgendwann noch hinbekommen, dass wir im Meer versinken«, sagte sie mit jener inneren Zerrissenheit aus Wut und Liebe, die einen zu absolut unerwarteten Entscheidungen treibt. Das Leben hatte sie überrumpelt, und sie behielt es nun im Auge, ohne Verbitterung oder Liebe, bereit, sich zur Wehr zu setzen oder sich dem kontrollierten Chaos hinzugeben, aus dem ihre besten Ideen entstanden.

»Das Zeichen auf dieser kleinen Statue im Museum, dieses Dreieck mit der darauf sitzenden Scheibe, habe ich das vielleicht schon bei dir im Geschäft gesehen?«, fragte Nora unvermittelt.

In dem Moment betraten die Journalistin und ihre Fotografin den Laden. Sie sahen sich so ähnlich, dass sie wie Schwestern wirkten, und vielleicht waren sie das ja auch, dachte Nora. Der gelangweilt wirkende Kameramann war vor der Tür geblieben und filmte die wenigen Passanten.

»Können wir dir ein paar Fragen stellen?«, fragten die Frauen Francesca, während Nora versuchte, hinter der Theke zu verschwinden. Sie fragten vollkommen banale Dinge, schossen einige Fotos von der fantasievollen Ware, und Francesca bedankte sich für die unverhoffte Werbung mit Ohrringen aus Sepiaknochen. Nora fragten sie nichts, die beiden bemerkten kaum ihre Anwesenheit. Die Insel gab ihre Geheimnisse nicht preis, den Aberglauben, der ihre Wahrheit war, die Legende, die ihre Geschichte war, und hielt ihr wertvollstes Gut versteckt. Dass dieses stille Mädchen, das dort unauffällig in einer Ecke saß, der Raìs sein könnte, kam niemandem von den Presseleuten in den Sinn, die sich pünktlich auf der Zwei-Uhr-Fähre einschifften.

Von der gleichen Fähre ging Luigi Pintacuda an Land. Ein großer, braunhaariger Mann, noch im besten Alter, der überglücklich war, endlich heimzukehren. Er wunderte sich nicht, dass niemand gekommen war, um ihn zu begrüßen. Seine Frau Maria erwartete ihn erst für den folgenden Tag, und daher hießen ihn nur Möwen und zwei räudige Katzen willkommen nach sechs Jahren, vier Monaten und zwanzig Tagen, die er in Gefängnissen auf dem Festland verbracht hatte.

Mit leichtem Gepäck und eiligem Schritt, was seine Art war, Freude zu zeigen, lief Luigi Pintacuda durch das menschenleere Dorf, das in tiefster Mittagsruhe lag. Hinter den angelehnten Fensterläden dämmerte Katria träge vor sich hin. In diesen Stunden hätte jeder alle Verbrechen dieser Welt begehen können, ohne Strafe zu fürchten. Nicht einmal Karawanen von Fabeltieren, wütenden Dämonen und strahlenden Engeln hätten die von der Hitze erzwungene absolute Trägheit von Körper und Geist auch nur ansatzweise erschüttern können.

Daher traf Luigi Pintacuda von allen unbemerkt zu Hause ein, klopfte an der Tür und setzte die Freudenmiene auf, die er jahrelang in der Zelle geübt hatte, während er sich diesen Moment ausmalte. Er war daher aufs Höchste enttäuscht, als ihm statt seiner Frau Maria, *mein Leben*, *mein Atem*, *mein Herz*, *mein Blut*, ein kleiner Fratz mit blonden Locken öffnete, den er noch nie gesehen hatte.

Daniele dei Muli hörte ihn nicht kommen. Er hielt im Schatten eines alten Felsens Siesta, eingelullt vom Thymianduft und der Erinnerung an den überwältigenden Körper von Maria, *mein Leben*, *mein Atem*, *mein Herz*, *mein Blut*. In seinen Halbschlaf drängte sich der lästige Gedanke, dass man Luigi Pintacuda, der am folgenden Tag heimkehren würde, keinen Bären aufbinden konnte und dass ihm selbst wohl nur die Flucht bliebe. Am Abend würde er mit der Sechs-Uhr-Fähre den Kleinen zu seiner Schwester nach Marsala bringen. Danach würde man weitersehen. Inzwischen zermarterte er sich das Hirn, wie er die Wahrheit vor seinem ehemals besten Freund verheimlichen konnte und wie er der Versuchung widerstehen sollte, Maria, *mein Leben, mein Atem, mein Herz, mein Blut*, zu berühren, sie an sich zu ziehen und zu küssen.

Luigi Pintacuda lief gebeugt, als würde ihn ein unerträgliches Gewicht niederdrücken. Die Dornen der Brombeerbüsche, die Blätter der Bäume, die Blumen der Wiese wirbelten um ihn herum, ohne dass ein Wind sie bewegte; sie blieben an seinem Gesicht, den Händen, dem Hals, den Jeans und dem T-Shirt haften, als ob eine unsichtbare Kraft sie an ihn pressen würde, vielleicht um ihn aufzuhalten oder um ihn anzutreiben. Seit Jahren war er keine Berge hinaufgestiegen, dennoch spürte er weder Erschöpfung noch die Hitze, als er zum Felsen der Maultiere hinaufkletterte. Auf halbem Weg drehte er sich um, betrachtete das Meer unter und den Himmel über sich, die in einer endlosen blauen Umarmung zu verschmelzen schienen, und fühlte sich furchtbar allein. Er hatte das Gefühl, in einem dieser schrecklichen Albträume gefangen zu sein, die ihn so oft im Gefängnis gequält hatten. Er stampfte auf dem Boden auf, um sich zu vergewissern, dass dieser auch real war, fest und ewig unter seinen Füßen. Dann hob er einen spitzen Stein auf und kletterte weiter.

Daniele dei Muli lag ausgestreckt im Gras. Er öffnete die Augen und sah ihn vor sich stehen. Mit dem von Traurigkeit verzerrten Gesicht, den schmerzlich feuchten Augen und einem spitzen Stein in der Hand glich er einer Erscheinung, die direkt aus der Hölle zu kommen schien. Die Angst ließ Daniele dei Mulis Züge zu einem dümmlichen Grinsen erstarren. Er wollte etwas sagen, aber aus seinem Mund kam nur eine Art Röcheln, er versuchte, sich zu bewegen, aber sein Körper gehorchte ihm nicht, so überrascht war er oder überzeugt, dass nichts ihn vor der Wut dieses Mannes retten könnte, der so verrückt vor Liebe war wie er selbst. Luigi Pintacuda starrte ihn an, einige lange Minuten, die Daniele dei Muli wie Stunden vorkamen; in Luigi Pintacudas Gesicht stand die Verzweiflung eines Mannes, der etwas Wichtiges über den anderen vergessen hat. Dann drehte Luigi Pintacuda sich unvermittelt um und ging. Daniele dei Muli dachte schon, er hätte eine Halluzination gehabt. Nur so konnte er sich diesen Wirbel aus Blättern, Blumen, Dornen und Gras erklären, der Luigi Pintacuda von Kopf bis Fuß einhüllte und sich zusammen mit ihm in der Ferne verlor.

1985

Die Route hatte sich in den Rücken ihrer linken Hand eingegraben. So erzählte es die Legende, und so verlief sie auch tatsächlich auf diesem launischen Meer, unter dieser weiß sengenden Sonne und zwischen diesen ins Blau hineinragenden Klippen. Als sie die genaue Zahl der Thunfische verkündete, die in die Netze gehen würden, hatten die Tonnaroti allesamt den Eindruck, nicht Nora Greco habe gesprochen, sondern ein Geist aus dem Meer, der in den Legenden noch nicht vorkam, eine alterslose Seherin, die der Unbedeutsamkeit der Männer zur Seite gestellt war und die sich im Angesicht Gottes unendlich wichtigeren Fragen hätte widmen können als dem Fangen eines Thunfischschwarms.

Die Erinnerung der Fischer kannte Orte, die noch niemand je beschrieben hatte, ihre Haut war ein Netz aus von Sonne und Regen eingekerbten Furchen. Verloren in Labyrinthen aus Wasser und Salz, die sie nie vollständig nach unten ziehen konnten, fuhren diese schweigsamen Männer auf ihren Booten hinaus, während ein gewaltiger Himmel über ihnen vorüberzog; Felsen mit Schluchten und Abgründen trotzten ihm, sie hatten sich in bedrohlichen, gefälligen oder bizarren Formen für die Ewigkeit erhalten, und die Menschen hatten ihnen Namen gegeben in dem naiven Bemühen, so dem Unbekannten etwas von seinem Schrecken zu nehmen.

Es gab die Grotte der Krippe, wo man winzige menschliche Gestalten ausmachen konnte, außerdem eine prächtige mit einer Palme, eine ungewöhnliche mit einem Kamel, eine mit einem Ungeheuer und eine mit einer Frau im Gebet, Felsenriesen, die mitten im Tanz erstarrt waren oder bei einer Flucht ins urzeitliche Chaos, sie hatten sich in irgendeinem zufälligen Moment in dieser Form festbannen lassen, Gefangene einer erbarmungslosen Ewigkeit. Sie bewahrten geheime Leben, zwischen tückischen Algen und spitzen Klippen eingeschlossene Schicksale, und sahen die Menschen vorüberziehen, die in diesem endlosen Blau stets Ausschau hielten nach dem, was sie vernichten konnte.

Die Boote unterdrückten ihre Angst, als ob sie all ihre Kräfte für den bevorstehenden Kampf aufsparen wollten, und die Tonnaroti waren jeder für sich in geheime, fürs Überleben notwendige Gedanken versunken. Unbewusst klammerten sie sich an die Sitze, an den Bootsrumpf, um so gegen die bedrohliche Weite anzukämpfen, die sie umgab. Ihre Unrast wurde durch einen heiteren Himmel noch unterstrichen, der wolkenlos und strahlend blau einen absoluten Gegensatz zu ihr bildete, und durch ein sanftes Meer, das seine Heimtücke und seine Fallen verbarg.

Die Umrisse, die Nora in der Ferne ausmachte – waren es andere Inseln, Sirenen oder auch verirrte Pottwale? –, hatten die Form ihrer Gedanken bestimmt, ehe sie sich aus ihr zurückgezogen hatten, damit sie mit leerem, freiem Kopf den Schwarm fangen konnte. Derweil schwammen die Thunfische, genau den Strömungen und ihrem Instinkt folgend, zwischen der Schwärze der Tiefsee und der glitzernden Meeresoberfläche wie zwischen Leben und Tod dahin, und Nora wartete reglos und stumm, jede Faser ihres Körpers und der Seele angespannt und auf dieses einzige

Ziel konzentriert, das sie mit brutaler Hartnäckigkeit verfolgte. Die unermessliche Gewalt, die über sie und ihre Mannschaft hereinbrechen sollte, verfing sich gerade in der unterseeischen Stadt, gebaut aus Netzen und menschlicher Willenskraft, und wieder kam es ihr so vor, als wäre es immer derselbe Schwarm, der dazu verdammt war, dieser Route bis in alle Ewigkeit zu folgen, zu sterben und wiedergeboren zu werden ohne Hoffnung auf ein Entkommen.

Am Ufer standen ein paar Dorfbewohner und warteten darauf, dass die Mattanza begann, Touristen, die mit neuen, langen Objektiven Bilder davon einfangen wollten, und andere, die auf gar nichts warteten und auf der Mole nur wie zufällige Augenzeugen zuschauten, wie die Wolken vorüberzogen oder die Sonne kaum merklich weiterwanderte. Sie standen dort, wie immer an jenem Tag, wie immer in Erwartung, während die Zeit sie stets mehr mit diesem Stück Land verband, das gleichzeitig tiefer in unbekannte Abgründe versank. Nora erahnte ihre Silhouetten, ihre langsamen und immer gleichen Bewegungen, die wenigen Worte, die sie wechselten.

»Holt hoch!«, schrie sie im nächsten Moment.

Nachdem Alessandro Filangeri sich nur kurz über den Rumpf des Fischerbootes gebeugt hatte, trocknete er seine nass gespritzte Brille und zog die Öljacke fester um sich. Er war sich der verstohlenen Blicke einiger Tonnaroti bewusst, die neugierig beobachteten, wie er sich bei seiner ersten Mattanza schlug.

Er konnte sich vorstellen, was sie über ihn dachten: einer vom Festland, der selbst von den elementarsten Dingen des Fischfangs keine Ahnung hatte und somit auch nicht vom Leben selbst und seinen Wundern. Sie hatten ihn mitnehmen müssen, als er darum gebeten hatte, aber es war offensichtlich, dass keiner von ihnen gern einen Stadtmenschen zwischen den Füßen haben wollte, der nicht wusste, wie man sich auf einem Boot verhielt, und der mit seiner touristenhaften Neugier nur störte. Diese junge Frau, der Raìs, hatte ihm die Mitfahrt aber nicht verweigern können. Schließlich finanzierte er die Tonnara, und letzten Endes gehörte sie ihm auch. Der Raìs war zwar ein König für all jene, die seine unbestrittene Autorität anerkannten, aber wie schon seit Jahrhunderten blieb er doch an die Befehle derer gebunden, die das Geld hatten und die Entscheidungen trafen, auch wenn sie niemals eine Harpune in der Hand gehalten hatten. Nora Grecos Stimme, die jetzt schrie: »Holt hoch!«, riss den Conte aus jenem mit jeder Minute unerträglicher werdenden Warten, und ein Stoß gegen den Rumpf hätte ihn beinahe über Bord gehen lassen.

Das riesige Netz hob sich langsam aus den Fluten.

Alessandro Filangeri betrachtete gebannt, wie die Thunfische an die Oberfläche kamen, als ob ihr wilder Kampf ihm eine Antwort geben könne, nach der er schon lange suchte. Zu Hunderten tauchten sie auf und wieder unter, wie Verdammte in einer eigens für ihre unglückselige Art geschaffenen Hölle. Blut floss in Strömen aus ihren Kehlen, von ihren Rücken oder den zerfetzten Flanken, es ergoss sich ins Meer wie Schreie. In einem Moment entzogen sie ihre Todesangst den Blicken der Menschen, im nächsten tauchten sie wieder auf, um weiterzukämpfen wie Soldaten eines in Auflösung begriffenen Heers. Sie wanden sich, drängten sich weg in einem aufschäumenden Strudel, irre geworden in dem Wasser, das unter Schwärmen von neugierigen Vögeln und einer lachenden Sonne aufwallte.

Matteo Martorana spießte den ersten Thunfisch auf. Er war sich der Gegenwart dieses Eindringlings, des Besitzers der Tonnara, durchaus bewusst, auch der beängstigenden Schönheit dieses

Morgens, aber seine Gedanken und seine Augen waren allein auf Nora gerichtet, die mit weit ausholenden Armbewegungen diese Sinfonie aus Spritzern, Möwenschreien, aufschäumenden Wassern, Todeszuckungen und blendendem Blau dirigierte.

Während er im Takt der Cialoma das Netz einholte, während er einen nach dem anderen die riesigen Fische dieser außerordentlichen Mattanza aufspießte und an Bord hievte, beobachtete er sie, wie sie in ihrer schwarzen Öljacke aufrecht in der Muciara mitten im wimmelnden Chaos der Thunfische wie eine Dirigentin stand, und sie zu beobachten war, wie etwas wiederzufinden, das er verloren hatte, wie einen Koffer zu packen mit allen nötigen Dingen, um dann an einen unbekannten Ort aufzubrechen.

Matteo zog den Gaffhaken heraus, zielte erneut und bohrte ihn in einen weiteren Thunfisch, während er versuchte, das Gleichgewicht zwischen Boot und Wasser, zwischen Erfolg und Verlust zu wahren. Noras Stimme drang zu ihm wie das Versprechen auf Sieg. Sie rief immer wieder denselben hypnotischen Befehl, der das riesige Netz nach oben hob, und ihrer kräftigen, donnernden Stimme beugten sich Thunfische, Bistini, Fere und Meeresströmungen. Ein Bistinu, ein Schwertfisch, hatte sich ins Netz verirrt und schlug nun in seiner Panik gegen die Bootsrümpfe. Delfine, Fere, waren keine zu sehen.

In Panik bäumten die ins Boot gehievten Thunfische sich auf und bedrohten das fragile Gleichgewicht der Menschen darin. Sie zappelten ein letztes Mal, sangen mit nachlassendem Atem ihr Todeslied, umhüllt vom Morgenlicht, das so gar nichts von Tod an sich hatte. Im plötzlichen Zucken einer Flosse, in den aufgerissenen Augen schienen diese Leiber im Todeskampf eine Art von Leben zurückzubehalten, als ob die Energie ihrer riesigen Körper noch Zeit brauchte, um sich in etwas Neues zu verwandeln. Ohnmächtig und erschöpft setzten sie einen letzten Wasserspritzzer oder einen scharlachroten Blutstropfen ab und ergaben sich schließlich, als ob nach ihrem Opfer nicht nur die Menschen verlangten, sondern auch das Meer, die Erde und der Himmel und ihnen nichts anderes übrig blieb, als den eigenen Tod zu akzeptieren.

Matteo spießte einen weiteren Thunfisch auf, während das Netz sich weiter hob und die letzten Opfer ans Licht brachte, zusammen mit der verborgenen Heimtücke des Meeres.

Ich bin hierfür geschaffen, und das Meer ist in mir, ist Tyrann und Komplize. Es hält mich fest, weil jemand ihm irgendwann Zwietracht und Täuschung eingeflüstert hat. Es gehorcht mir fügsam, weil ich ein Teil von ihm bin. Mal ist es Wasser, mal der Himmel, der nach unten geglitten ist, mal ist es durchsichtig, und mal ist es trüb wie Öl, und auch wenn es spiegelglatt aussieht, schickt es insgeheim ferne Wellen aus, um das Land herauszufordern, dessen Ende es bedeutet.

Das würde Nora denken, wenn sie nur könnte, wenn sie nur die Zeit hätte. Sie beugt sich über die Reling und beobachtet, wie ihr Schatten auf dem Wasser immer weiter nach unten sinkt, je mehr sie sich bemüht, dessen Tiefe zu ergründen. Jetzt denkt sie nicht, sie empfindet nur noch, und sie spürt, dass der Tod weder Anstand noch Scham kennt, er, das Kind des Chaos und der Täuschung, obszön und doch heilig.

Die vierzig Männer stürzen sich auf den Schwarm, aber es ist nicht Bosheit, die sie antreibt, sie wissen, dass Rivalität alles zwischen Meer und Himmel erfüllt; die Thunfische schwimmen unter ihnen, ein Tribut, der von fernen und leicht perversen Mächten beschlossen wurde, während über ihre silbrig glänzenden Rücken Sonnenstrahlen gleiten und eintausend Jahre alte immer gleiche Erwartungen, immer gleiche Siege und Niederlagen.

Nora ruft die Kommandos in einer Tonlage, die sich an die Cialoma anpasst, an das rhythmische Hochziehen des Netzes, an das beschwörende Nianzò, das die Tonnaroti hundert Mal wiederholen, und ganz plötzlich sehnt sie sich nach festem Boden unter den Füßen. Danach, dass jemand sie zu Hause mit warmen Decken und gutem Essen erwartet. Nach Küssen, Zärtlichkeiten, einem gemütlichen, ruhigen Eckchen und jemandem, neben dem sie in der Nacht atmen kann, und diese Wünsche überraschen sie dort, während sie von ihrer Nussschale aus die größte und schwierigste Mattanza ihres Lebens anführt. Sobald die letzte Kammer sich hinter den letzten Thunfischen geschlossen hat, ist der Wunsch nach festem Boden bereits wieder verblasst, und der Raìs beschwört erneut den ewigen Atem des Meeres und seines Rauschs.

Die Dorfbewohner liefen zur Mole, als ob ihnen jemand das Eintreffen von unerhörten Wundern, Geschichtenerzählern, Karren mit Zigeunern und Tanzbärendompteuren angekündigt hätte. Die heiße Woge aus Staub und Wind schien die Boote, die mit dem größten Fang der letzten Jahre an Bord zurückkamen, vor sich herzuschieben. Früher hatte es zwar noch größere Mattanzas gegeben, aber das war in den Jahrhunderten, als es noch keine Konkurrenz durch japanische Fangschiffe und Schäden durch lärmende Motoren und Rückstände von Schweröl im Meer gab.

Nora schaute neugierig zu Alessandro Filangeri, der gerade totenbleich und triefnass aus dem Boot stieg. Er sagte kein Wort zu ihr und gratulierte auch niemandem zu der großartigen Arbeit, die ihm eine Menge Geld einbrachte, sondern verschwand in Windeseile in der Fabrik, wo er wahrscheinlich Kleidung zum Wechseln hatte. Nora ließ den Blick über die Leute gleiten, die sich auf der Mole drängten und immer noch aus dem gesamten

Dorf herbeiliefen. Sie kannte von allen Namen, Alter, Familie, Stimmen, sogar ihre Festtagskleidung, aber sie wusste nichts über ihre Gedanken, die sie niemals enthüllten, vielleicht weil sie fürchteten, sie dann nie mehr wiederzufinden. Alle wirkten in sich gekehrt und erleichtert, nun, da die Mattanza gut ausgegangen war und man bis zum nächsten Jahr aufatmen konnte.

»Komm, Raìs!« Matteo reichte ihr die Hand, um ihr an Land zu helfen. Nora zögerte. Das war vorher noch nie vorgekommen, und sie fragte sich, ob sie annehmen sollte, während die Augen der schweigsamen Tonnaroti und die der neugierigen Frauen des Dorfes auf sie gerichtet waren. Sie war der Raìs, sagte sie sich, und brauchte keine Hilfe, um aus einem Boot zu steigen, aber Matteo lächelte sie so ausgesprochen liebenswürdig an, und in seiner Geste lag tiefer Respekt. Nora ergriff seine Hand, und als sie spürte, wie seine starken Finger ihr ganzes Gewicht trugen, wusste sie mit Bestimmtheit, dass er sie gewählt hatte und dass nichts ihn jemals von dieser Liebe abbringen würde, die ihm auf die Stirn geschrieben stand und die er gar nicht mehr zu verbergen suchte. Die Hand, die ihre eigene hielt, war eine klare Absichtserklärung, ein Ziehen neuer Grenzen vor den Augen so vieler Zeugen, wie Katria sie nur aufbieten konnte. Als ihre Füße den Boden berührten, begriff Nora, dass zwischen ihr, ihm und der gesamten Insel nun ein Pakt geschlossen war.

Es gab keinen Beifall für den Fang wie sonst, aber die älteren Tonnaroti nickten zufrieden, und die jüngeren lächelten verhalten oder gaben leise Kommentare ab. Saro Vitale und Michele Santangelo holten mit Unterstützung einiger Helfer einen Fisch von über einer halben Tonne an Land.

»Das ist Nummer eintausendzweihunderteinundvierzig«, verkündeten sie, als einige Umstehende herantraten, um diesen phänomenalen Thunfisch zu bewundern, andere halfen den Fischern, die größten Exemplare auszuladen wie auch die anderen Fische, die unfreiwillig ins Netz gegangen waren, Fische jeder Art und Größe, die am nächsten Tag auf den Tischen der Dorfbewohner landen würden.

Nora ging nach Hause und ruhte sich aus. Später aß sie etwas, ohne wahrzunehmen, was, erschöpft, wie sie war. Sie zog sich ein neues Kleid an, aus leichtem Stoff und im Stil einer griechischen Tunika, und brach zum Haus ihrer Eltern auf, um dem Raìs von diesem großartigen Fang zu erzählen. Während sie durch eine Seitenstraße auf die untergehende Sonne zulief, hörte sie ihren Namen. Donna Vincenza winkte sie zu sich, sie saß in einen Baumwollschal gehüllt vor den angelehnten Fensterläden ihres Hauses in Gesellschaft von drei Nachbarinnen.

»Eleonora, komm, komm her zu uns!« Nora nahm auf einem der Stühle Platz, den Vincenzas Tochter noch schnell aus dem Haus geholt hatte, so einem alten Flechtstuhl, den jemand rot und grün gestrichen hatte.

»Hier, nimm dir was vom Scacciu, hier, nimm.« Donna Mara reichte ihr ein Papiertütchen mit gerösteten Kichererbsen und Kürbiskernen. Mit den Schneidezähnen knackte Nora eine Schale auf, lutschte das grobe Meersalz ab und suchte mit der Zunge nach dem dünnen grünen Fleisch.

»Tausendzweihunderteinundvierzig Thunfische. Ich erinnere mich an eine Mattanza deines Großvaters, bei der sie tausenddreihundertsechs Thunfische fingen und das ganz groß gefeiert wurde, nicht wie heute Abend, wo sicher nichts stattfindet, dieser Filangeri schaut mir nicht danach aus«, erzählte Donna Vincenza und machte dann eine lange Pause, damit die Nachbarinnen ihre Erinnerungen ebenfalls beitragen würden. Ihre Stimmen waren alle heiser und leise, vielleicht weil sie sie im Laufe ihres Lebens zu selten benutzt hatten.

»Der alte Conte, der Großvater von dem jetzigen, der war großzügig und feierte gern. Feste gab es im Baglio eins nach dem anderen und mit Tanz und Süßigkeiten bis zum Umfallen. Aber er nahm es genau, alles musste perfekt sein. Ich war für das Abwiegen der Dosen zuständig, und sie mussten aufs Gramm genau gefüllt sein! Ich packte den lieben langen Tag Thunfisch in die Dosen oder nahm wieder was raus und machte nie einen Fehler dabei, inzwischen konnte ich das nach Augenmaß. Dann kam Carmelo Nasca mit einem Stock und schlug auf die verschlossenen Dosen, und wenn sie nicht klangen, wie sie seiner Meinung nach klingen sollten, hieß das, dass Luft drin war, und er ließ sie wegwerfen«, erinnerte sich Donna Mara. Sie war immer in einen Schal gehüllt, sommers wie winters, und hatte den alten, matten Geruch von Säckchen mit getrockneten Blüten an sich, die man über Jahrzehnte in den Schubladen vergessen hatte.

»Ich füllte die Dosen mit Öl auf, aber mit der Blechkanne, nicht etwa mit den Maschinen, wie man es heute macht. Bis zum Rand und ohne einen Tropfen zu verschwenden, so wie es sein musste. Mein Mann brach die Thunfische auf, und ich legte sie dann in Öl ein, und Gott ist mein Zeuge, dass ich den nie gegessen hab, diesen Dosenfisch, Thunfisch mag ich bloß frisch«, meinte Donna Sara. Sie war schrecklich mager, was sich niemand erklären konnte, da sie den ganzen Tag nichts anderes tat als essen, und wenn sie sich bewegte, gingen von ihr ein Rockrascheln und ein wärmendes Gefühl von Essen und Zuhause aus, dass sich einem das Herz auftat.

»Meine Großmutter hatte einige ›Dienstfrauen‹ kennengelernt. Früher gab man sie an die Fischer von außerhalb, und ihr könnt euch vorstellen, was für Dienste sie bei denen verrichten mussten. Die Ärmsten, das waren Waisen oder Witwen, die niemanden auf der Welt hatten und sich für ihr täglich Brot an die

Tonnaroti wie Sklavinnen verkauften«, fügte Donna Vincenza hinzu, die immer den Kopf gesenkt hielt, als würde das Gewicht von tausend Widersprüchen auf ihrem Nacken lasten.

»Meine Mutter reparierte die Netze, so gut bekam das nicht mal der Raìs hin, und sie sagte immer, dass sie den besten Tonnaroto abgegeben hätte, auch weil sie Arme hatte, mit denen sie ganz allein ein Boot hätte heben können.«

»Meine Großmutter war die, die die Madonna della Punta malen ließ, also die, die statt das Jesuskind einen kleinen Thunfisch im Arm hält. Sie gelobte bei einem Unwetter auf See, wenn mein Vater lebend zurückkehrte, würde sie ein Bild stiften, aber dann wollte der Maler den Thunfisch nicht malen, er hatte Angst, dass der Gemeindepfarrer ihn exkommunizieren würde. ›Ich mal dir diese Madonna‹, sagte er schließlich, ›aber nur, wenn ich ihr dein Gesicht geben darf.‹ Und so ist die Madonna mit dem Thunfisch das Porträt meiner Großmutter.«

»Und wenn uns die Heiligen keine Thunfische schickten, dann sorgte Pina a Maiara dafür. Sogar von Levanto und Hiera schickten sie nach dieser Hexe, wenn die Netze leer blieben. So eine wie die gibt es heute nicht mehr; Zauber, Bannsprüche, Verfluchungen, böser Blick! Und wie schön die war, die sah nun wirklich nicht wie eine Hexe aus!«

»Erinnert ihr euch noch an Lola aus Trapani? Diese Hure lockte die Thunfische zu Hunderten in die Netze, sie musste sich nur an den Bug stellen, den Rock heben und ins Meer pissen!«

Sklavinnen, Madonnen, Zauberinnen, Prostituierte, aber immer waren es Frauen, die etwas in Ordnung brachten, halfen, beschworen, gaben und dienten und schließlich alles in Erinnerungen bewahrten, die dann an irgendeinem Abend die alten Frauen auf ihren Flechtstühlen untereinander austauschten. Nora kam die kleine Statue in den Sinn, die sie im Meeresmuseum gesehen hatte, diese Göttin Tanit mit den vollen Lippen und den starken Armen hätte jede der Frauen auf ihrer Insel sein können.

»Da konntest du noch so viele Kreuze schlagen über dem Wasser und im Wind, um dir bei den Heiligen Gehör zu verschaffen, das konntest du vergessen. Das Meer gehorchte nur Schlampen wie Lola!«

»Oder Jungfrauen, die musste man auch bloß an den Bug setzen, und dann kamen die Thunfische zu Hunderten, erinnert ihr euch an Rosalia Martorana?«

»Erinnert ihr euch noch daran, wie Nicola Valenti die Wale gesehen hat?«

Nora blieb auf dem Flechtstuhl sitzen und hörte ihnen die halbe Nacht zu.

Es gab Leute, die schworen, sie hätten die höchst seltenen Mönchsrobben gesichtet, andere behaupteten, sie hätten auf hoher See den unverwechselbaren Gesang der Wale gehört. Einige berichteten von betörenden Melodien, seltsamen Lauten, eindeutigen Silhouetten, aber keiner von ihnen konnte angeben, wo genau zwischen Himmel und Meer ihnen diese erschienen waren. Das passierte nicht bloß den Fischern, die das Geheimnis wahrten, sondern auch den nur für kurze Zeit anwesenden Touristen, Tauchern und Müßiggängern aller Art, die verstärkt die Küste mit zu großen und zu lauten Booten abklapperten und damit diese Erscheinungen eher verscheuchten als anlockten. Zu den Glücklichen, die Robben und Wale gesehen hatten, gehörte Lorenzo Matalotto, der nach der Entdeckung des phönizischen Wracks in derartigen Angelegenheiten unbegrenzte Glaubwürdigkeit genoss.

»Er hat gesagt, dass da ein Schiff im Wasser liegen würde, und das Schiff war da; wenn er also sagt, dass es Wale und Mönchsrobben gibt, dann heißt das, sie sind da. Es gab schon früher welche, ich erinnere mich, und nur weil man etwas nicht mehr sieht, bedeutet das noch lange nicht, dass es dies nicht mehr gibt!«, erklärte Don Tanino dei Tonni, und an seiner Argumentation war nicht zu rütteln.

»Ich habe die Wale gesehen, und Gero hat sie auch gesehen. Wir waren zusammen unterwegs. Wunderschön waren die, sie spritzten Wasser in die Luft und sangen. Ich hatte gar keine Angst«, erzählte Lorenzo Matalotto eines Morgens Nora, die ihn noch nie so viele Worte am Stück hatte sagen hören. Sie waren auf der Mole, er saß auf einem Poller, sie auf ihrem Moped und stützte sich auf den Lenker.

»Ich habe sie gesehen, Raìs, ich schwör's.« Lorenzo überkreuzte Mittel- und Zeigefinger der rechten Hand, führte sie an die Lippen und küsste sie, dann drehte er die Finger herum und küsste sie wieder mit dem feierlichen Gestus eines Priesters. Nora hatte ihn dies seit ihren Schultagen nicht mehr machen sehen.

»Erzähl aber bitte den Fremden, die hier anlegen, nicht, was du gesehen hast. Das ist unser Geheimnis.«

Lorenzo nickte und richtete seinen Blick auf die endlose azurblaue Fläche vor sich, als hätte er auf einen Schlag Nora und ihre Unterhaltung vergessen und sogar, dass er auf der Welt war. Sie blieb dort auf ihrem Moped sitzen und leistete ihm ein wenig Gesellschaft.

Es war besser, wenn die Wale und Robben eine Geschichte blieben, sonst hätten sie Touristen, Journalisten und Wissenschaftler in Scharen angezogen, und diese hätten den Fischfang beeinträchtigt. Die Robben waren niedlich. Auch sie hatte diese Tiere öfter gesichtet. Sie hatten so ein lustiges, freches Gesicht, diesen winzigen, abgeflachten Kopf und diese langen, kräftigen Barthaare. Nora wehrte sich gegen die Vorstellung, dass es irgendwo rechtens wäre, die heitere Schönheit der Robben oder die majestätische Kraft der Wale, die auf hoher See wie riesige vergessene Totempfähle dahinglitten, zu verfolgen, einzufangen und zu analysieren. Sollten diese Tiere jedoch die Netze zerreißen oder den Fischfang stören, würde man sie aus den Gewässern vertreiben, selten hin oder her.

»Es kommen wieder welche«, sagte Lorenzo und zeigte auf die Touristen mit ihren riesigen Rucksäcken und absurden Kopfbedeckungen, die von der gerade angelandeten Fähre kamen. Sie waren immer öfter auf der Piazza vor dem Marfaraggiu anzutreffen und auf dem kristallklaren Wasser der Buchten. Nora beäugte sie kritisch. Wenn sie sie so durch die Gassen schlendern sah, wenn sie beobachtete, wie sie Boote und Netze fotografierten und ihre Nasen überall hineinsteckten, hatte sie das Gefühl, dass sich etwas ihrer Kontrolle entzog.

Vielleicht kommen ja nicht noch mehr als jetzt, vielleicht ändert sich auch kaum etwas, dachte sie, wenn sie auf die Boote mit Neugierigen stieß, die sich bis zur Cala Grande wagten, auf Fernsehteams und urlaubende Familien. Alles musste so bleiben, wie es war, in diesen Jahren, in denen die Dinge sich zwar änderten, aber langsam, ohne sich zu entfremden.

Andere hatten überhaupt nichts gegen die Touristen. Die Bar Campo machte beste Geschäfte, genauso Donna Mara, deren Zimmer von Mai bis August ausgebucht waren. Peppe Vino e Cucina, dessen Gerichte inzwischen berühmt waren, überlegte, ob er das Lokal umbenennen sollte, mit einem Namen, der besser in die Zeit passte, aber er konnte sich nicht zwischen »La Tonnara« und »La Muciara« entscheiden. Auch Francescas Laden war immer voll mit Neugierigen, und man sah sie vor ihrem winzigen Laden auf einem mit rosa Muscheln beklebten Hocker sitzen und bis zum Sonnenuntergang Sandalen und Ketten flechten.

Lehrer Pennisi lief kreuz und quer über die Insel und lud alle Fremden ein, das Meeresmuseum zu besuchen; *kommt, kommt*, sagte er in drei verschiedenen Sprachen und drückte ihnen den wunderschönen Prospekt in die Hand, den er auf eigene Kosten hatte drucken lassen und in dem alle unbedingt sehenswerten Glanzlichter des kleinen Archipels vorgestellt wurden.

»Bitte schön, nehmen Sie«, sagte er feierlich zu allen, die nicht den Mut hatten, vor ihm davonzulaufen, obwohl sie kein Wort verstanden.

»Grotta del Pisano, Meeresmuseum, Castello Aragonese und die römischen Häuser oben in den Bergen, man kommt mit Maultieren dorthin. Natürlich sind Sie wegen des Meeres hier, aber es gibt so viel mehr, und jetzt – mit diesem kleinen Prospekt – werden Sie nichts davon verpassen«, sagte er mit stolzgeschwellter Brust und ging dann davon, auf der Suche nach neuen Opfern für seinen nicht zu bremsenden Eifer. Ab und zu bot er sogar an, die Touristen selbst zum Castello Aragonese zu begleiten.

Die Burg erhob sich auf dem Gipfel eines hohen Steilhangs, wo sie über Abgründen und Wolken thronte; sie war von der gleichen Farbe und Wucht wie die Felsen, die sie umgaben. Sie hatte die Ankunft von immer neuen Schiffen und Völkern erlebt und war Wachturm, Festung und schließlich jenes grauenhafte Gefängnis gewesen, das in ihren zu Zellen umgebauten Zisternen Patrioten, Kriminellen und Rebellen die Freiheit genommen hatte. In diesen Grabkammern nährten sich die Gefangenen von Schlamm und Flöhen; Luft und Licht kamen durch Schießscharten herein, die einzige Verbindung zwischen dieser Hölle und dem Paradies aus Azurblau und Möwenflug, das höhnisch über ihnen wirbelte. Im neuen Jahrhundert hatte man schließlich die Burg in eine Erinnerungsstätte umgewandelt, von der aus man über den Ozean blicken und sich selbst als einer seiner zahllosen Tropfen fühlen konnte, die sich im Strudel der Geschichte in all dieser unerträglichen Schönheit verloren hatten.

Bis vor Kurzem hatte Daniele dei Muli Lehrer Pennisi geholfen und die Besucher auf dem Rücken seiner geduldigen Tiere bis zur Burg geführt und auch zu den römischen Häusern, aber nun weigerte er sich. Er war apathisch und verbittert geworden; er blieb immer für sich und sorgte nur noch für seine Maulesel, hütete Ziegen, machte Käse und schlief im Gras, ständig in der Erwartung, dass Luigi Pintacuda kommen und ihn mit einem Messer oder einem Stein töten würde.

Daniele dei Muli konnte nicht vorhersehen, wann es passieren würde, wann er ein weiteres Mal vor ihm auftauchen würde, immer verwirrter und mit glühenden Augen und all diesen Blättern und Farnkraut an der Kleidung, in den Haaren, an den Händen. Er hatte immer einen spitzen Stein oder einen Hammer dabei, einmal sogar einen Gaffhaken. Stets baute er sich vor seinem Rivalen auf und starrte ihn wortlos an, während die Waffe mit bedrohlicher Langsamkeit von einer Hand in die andere wechselte. Daniele dei Muli hielt dann den Atem an, wich zurück, um, wenn nötig, zu fliehen oder sich zu verteidigen, aber irgendwann drehte sich der andere einfach um und verschwand. Manchmal beobachtete jener ihn aus der Ferne, während er die Schafe molk oder die Maulesel mit Luzerne fütterte, andere Male verfolgte er ihn durch die Gassen des Dorfes, versperrte ihm den Weg oder lief neben ihm her, ohne ein Wort zu sagen oder etwas zu tun.

Am Tag seiner Rückkehr hatte Luigi Pintacuda sich selbst überzeugt, dass seine Frau keine Schuld hätte. Sie war schön wie ein Engel, und eben wegen ihrer engelsgleichen Unschuld war es diesem wilden Vieh Daniele dei Muli gelungen, sie zu verführen. Als er am Tag seiner Rückkehr nach der Begegnung mit seinem

Rivalen wieder nach Hause gekommen war, hatte er seine Frau auf die Wange geküsst, hatte den kleinen Jungen angesehen und gesagt: »Hübsch ist er, unser Sohn. Wie heißt er?«

»Angelo«, hatte sie leise gesagt, während sie sich innerlich verfluchte, dass sie bis zum letzten Moment gewartet hatte, um die unerwünschte und nicht zu übersehende Frucht ihrer sündigen Liebe mit Daniele dei Muli nach Marsala zu schicken. Luigi Pintacuda hatte dem Kleinen die Wange getätschelt, und dann hatte er sich an den Herd gestellt und Spaghetti mit Seeigeln gekocht, so wie er es sich die ganzen Jahre in den Gefängnissen des Festlands erträumt hatte.

Am nächsten Morgen hatte er den Jungen an die Hand genommen, war mit ihm zur Piazza gegangen und hatte ihm in der Bar Campo ein riesiges Eis in der Waffel gekauft.

»Jetzt kann ich mir mit meiner Frau und meinem Sohn eine schöne, ruhige Zeit machen«, hatte er sehr klar und deutlich vor dem halben Dorf erklärt, es war Sonntag, deshalb standen alle vor der Bar Schlange, um nach der Messe den obligatorischen Pappteller mit Gebäck zu kaufen. Keiner hatte ihm widersprochen, und alle hatten an dem ein wenig irren Funkeln in seinen Augen begriffen, dass es besser wäre, auf seine Version einzugehen und allesamt und für immer so zu tun, als wäre der kleine Angelo, der so aussah wie eine Miniaturausgabe von Daniele dei Muli, sein Sohn.

Von da an wirkte Luigi Pintacuda Wunder. Er fuhr mit dem Boot aufs Meer hinaus und kam am nächsten Morgen mit einer absurd großen Menge an Fischen zurück, so viele und so schwer, dass das kleine Fischerboot schwankte und drohte unterzugehen. Im Dutzend eilten die Leute herbei, um ihm dabei zu helfen, mit diesem Gottesgeschenk zurechtzukommen, das er zum Teil an Peppes Restaurant verkaufte, zum Teil seiner Verwandtschaft schenkte, und einen Teil aß er selbst, von seiner Frau Maria, *mein Blut, mein Leben, mein Augenlicht*, in Scheiben geschnitten und in Teig ausgebacken. Das Wunder wiederholte sich in der nächsten Nacht, in der darauf und in allen folgenden. Ihm gingen seltene Fische ins Netz, enorm große, hochwertige, und das in solchen Mengen, als ob die Insel selbst ihn für das erlittene Unrecht entschädigen wollte. Die Fischer wetteiferten darum, ihn zu sich an Bord zu holen, und sein Ruf verbreitete sich bald auch über Katria hinaus. Er erhielt fantastische Angebote von großen Fangschiffen, die weit hinaus auf hohe See fuhren, aber Luigi Pintacuda lehnte sie alle ab, weil er sich nie wieder von dem Ort entfernen mochte, an dem seine Frau und sein Sohn ihn jeden Abend erwarteten, glücklich und zufrieden, so wie er sie sehen wollte.

Alessandro Filangeri, der gemeinsam mit seinem jüngeren Bruder Massimiliano das Vermögen des auf so tragische Weise verunglückten Conte und seiner Contessa geerbt hatte, verstand rein gar nichts von Handel, Fischfang, Einnahmen und Ausgaben, die in den Geschäftsbüchern gelistet wurden, oder wie ein Unternehmen zu führen sei. Er sah sich gerne als einen tiefsinnigen Humanisten, als Feingeist, dem die banalen Probleme dieser Welt fernlagen, wie es auch sein Philosophieabschluss von der Elitehochschule von Pisa und seine einstudierte Attitüde eines Träumers bewiesen. Er schlug die Geschäftsbücher zu und sah Amministratore Ribaudo Rat suchend an.

»Es ist ganz einfach, Conte, die Tonnara schreibt schwarze Zahlen. Die letzte Mattanza war außergewöhnlich gut, Sie haben es ja mit eigenen Augen gesehen. Die Verkäufe sind gleichbleibend, es ist Fisch von allerbester Qualität.«

»Okay«, murmelte Alessandro Filangeri erleichtert, weil diese lapidare Zusammenfassung ihm die befürchtete Aufgabe abnahm, Zahlen und Zusammenhänge zu interpretieren. Vielleicht war es dieses lakonische Okay, vielleicht auch die sichtliche Erleichterung des jungen Mannes, die Giuseppe Ribaudo in diesem Moment die endgültige Bestätigung einer Maxime gab, die er zeitlebens verinnerlicht hatte: Das Schicksal mag nicht auf die Umstände schauen, gibt dem einen Brot, dem anderen Zähne zum Kauen. Volkes Mund tut Wahrheit kund, dachte der schmächtige Mann; für sie beide wäre es am besten, wenn dieser verwöhnte junge Mann so schnell wie möglich wieder aufs Festland zurückkehren und alles Weitere ihm überlassen würde. Daher war er wie vom Donner gerührt, als er gleich darauf hörte: »Mich widert die Mattanza an. Ich schäme mich zutiefst, dass ich eine Tonnara besitze, Dottor Ribaudo. Das ist ein Massaker, eine bestialische Tradition. Mein Vater hatte zwar keine solchen Skrupel, doch meine Mutter hatte ihn schon überzeugt, alles zu verkaufen, aber das konnte er dann nicht mehr. Ich aber setze dieser Barbarei jetzt ein Ende!«

Giuseppe Ribaudo schluckte und schaute düster, was der junge Filangeri als eine vage Zustimmung zu seiner Sichtweise auslegte.

»Ich habe die Absicht, die Fischfabrik in etwas anderes umzuwandeln, ich könnte das Gebäude der Gemeinde stiften, damit man daraus eine Schule, ein Erholungszentrum oder sonst etwas macht, was, ist mir ganz gleich.«

Giuseppe Ribaudo schluckte erneut, atmete tief durch und hustete, als ob er sich verschluckt hätte.

»Überstürzen Sie nichts, überlegen Sie es sich.«

Ribaudo war schockiert. Das verspätete Mitleid für die Thunfische von diesem aus der Art geschlagenen Filangeri konnte das Leben der Insel für immer verändern. Eine jahrtausendealte Geschichte und das Überleben der Dorfbewohner standen auf dem

Spiel, und all das nur, weil ein großer Junge, der noch nie eine Harpune in der Hand gehabt hatte, beschlossen hatte, dass die Mattanza in den feinen Salons und seinen fortschrittlichen intellektuellen Kreisen nicht gut ankam. In dem pflichtgetreuen Verwalter kochte ein nie zuvor empfundener Zorn hoch, doch es gelang ihm, diesen zu beherrschen, er räusperte sich, und unter Aufbietung all seiner Redegewandtheit meinte er:

»Denken Sie doch einmal nach, Conte. Die Tonnara ist seit Jahrhunderten mit dem Namen Ihrer Familie, Ihrem Wappen und der Geschichte der Insel verbunden.«

»Sie haben recht, Ribaudo, der Name meiner Familie ist mit diesem Grauen verbunden! Genau deswegen muss es aufhören, und zwar sofort.«

Giuseppe Ribaudo stockte das Herz. Mit seinen Worten hatte er die Lage noch verschlimmert.

»Sie finden das vielleicht romantisch. Sie können mir noch so viel von Geschichte und Tradition erzählen, aber wissen Sie, was ich sehe? Ein unmenschliches Massaker, einen barbarischen Brauch, der jedes Jahr von Kirchenglocken eingeläutet wird, als ob es ein Fest wäre. Schon als Kind wurde mir davon schlecht. Diese armen Tiere, die zu Hunderten zusammengepfercht werden, voller Panik, ohne eine Möglichkeit, zu entkommen, die in ihrem Todeskampf mit diesen grauenhaften Haken auf die Boote gehievt werden. Können Sie sich vorstellen, welchen Schmerz so ein Fleisch zerfetzender Haken bei einem noch lebenden Thunfisch verursacht? Und er lebt sogar noch, wenn er zerlegt wird, wenn sie mit dem Messer die Adern aufschlitzen, damit er ausblutet, und diese Abschlachterei nennen Sie Geschichte, Tradition?« Mit diesem eindeutigen Schlusspunkt endete die Tirade des Erben in der elften Generation von Fürsten, Rittern des Heiligen Grabes, feinsinnigen Dichtern und aufgeklärten Unternehmern, die vor allem eins gemein hatten: einen legendären Starrsinn, und Amministratore Ribaudo begriff, dass der junge Conte seine Meinung niemals ändern würde.

Als er ihr die schlimme Nachricht überbrachte, nahm Eleonora Greco es ziemlich gelassen auf.

»Das wird nicht passieren. Niemals«, sagte sie nur, und dann wechselte sie das Thema und sprach mit ihm über die demnächst fälligen Reparaturen, als hätte ihr Verstand verdrängt, was der Verwalter ihr gerade erzählt hatte. Ribaudo dachte, dass die Nachricht sie wohl doch erschüttert habe; im Grunde hatte diese noch so junge Frau Wunder vollbracht, um ein Versprechen zu erfüllen, das sie nicht gegeben hatte, und nun, falls die Tonnara wirklich abgewickelt würde, könnte sie Thunfische nur noch von einem dieser Fangschiffe aus jagen, den fliegenden Tonnaras, die irgendwo ihre Netze auslegten, ohne sich um Traditionen, Cialome und Bilder von Heiligen zu kümmern, denen man mit Ertränken drohte. Da konnte man schon schockiert sein.

»Es gibt kein Problem«, wiegelte Nora mit einem müden Lächeln ab, und da begriff Ribaudo, dass sie es sagte, weil ihr Schicksal für sie so klar und so unerschütterlich feststand, dass die angekündigte Katastrophe darin einfach keinen Platz hatte. Sie berührte, vielleicht ohne es zu bemerken, das kleine Gewicht eines Webstuhls, das sie als Glücksbringer um den Hals trug, und diese Geste traf Ribaudo mitten ins Herz, sie bewegte ihn wie nie etwas zuvor oder danach.

An jenem Abend trank Giuseppe Ribaudo bei Peppe Vino e Cucina, das nun wegen der Touristen La Muciara hieß, drei Gläser Weißen aus Alcamo, um ein großartiges Thunfischfilet in Pistazienkruste hinunterzuspülen. Er vertrug keinen Wein. Am nächsten Tag erinnerte er sich vage, dass er jemanden an seinen Tisch eingeladen hatte, vielleicht Matteo Martorana, oder war es Saro Vitale gewesen? Er wusste einfach nicht mehr, mit wem oder worüber er gesprochen hatte.

Eine Woche nach der Mattanza kam Daniele dei Muli ins Dorf, um sich Seile und Eimer zu besorgen. Plötzlich schoss Luigi Pintacuda aus der Telefonzelle und baute sich vor ihm auf. Diejenigen, die sahen, wie er sich ihm in den Weg stellte und mit der Harpune auf seine Brust zielte, berichteten danach, dass Luigi Pintacuda gelächelt habe und dass Blätter, Samen, verwelkte Blüten und Brombeerdornen um ihn herumwirbelten, obwohl es vollkommen windstill war. Daniele dei Muli wich nicht zurück, er suchte nach nichts, womit er sich verteidigen konnte, und er rief auch nicht den Allerheiligsten Gekreuzigten an wie all die anderen Male. Er empfand vielmehr eine unglaubliche Empörung, eine Wut, die noch unerträglicher war als die Angst, daher breitete er die Arme aus und brüllte: »Töte mich! Töte mich! Setzen wir dem Ganzen hier und jetzt ein Ende!«

Diejenigen, die ihn hörten und herbeieilten, um zu sehen, was dort vor sich ging, sagten später, Luigi Pintacuda habe die Harpune gesenkt und sei dann gegangen, unsicher schwankend wie ein Betrunkener, und die Blätter hätten ihn weiter in einem wilden Strudel umwirbelt und seien ihm gefolgt.

Im selben Moment versuchte Santo Campo, der Besitzer der Bar an der Piazza, Alessandro Filangeri aus seinem Tiefschlaf aufzuwecken.

»Seit drei Stunden schläft er hier. Gottbewahre, der holt sich doch einen schlimmen Sonnenbrand«, sagte er zu seinem Sohn Emanuele, der die alte Kaffeemaschine reinigte. »Am besten weck ich ihn jetzt.«

Den ganzen Vormittag hatte Conte Filangeri dort an seinem Tischchen gesessen, das Marzipangebäck halb aufgegessen, das leere Espressotässchen vor sich, den Strohhut ins Gesicht gezogen, und sein Kopf war nach vorn gesunken, wie wenn man vor dem Fernseher im Sessel einnickt. Santo Campo hatte nicht das Herz, ihn aufzuwecken, vielleicht musste der junge Mann ordentlich Schlaf nachholen, denn nicht einmal das Treiben auf der Piazza und an den Tischen konnte ihn aufwecken. Doch als es elf Uhr schlug, ging er hin und rüttelte ihn am Arm.

»Conte Filangeri, Alessandro, also, die pralle Sonne wird dich umbringen, wenn du hier noch länger rumsitzt«, sagte er sanft. Dass Filangeri tot war, bemerkte er erst, als dem jungen Grafen der Hut von der Stirn rutschte und seine Augen freigab, die weit aufgerissen auf etwas starrten, das nur er allein nun sehen konnte.

Später erklärte Dottor Basile, dass Alessandro Filangeri einen plötzlichen Herztod erlitten hatte. Das kam leider auch in diesem Alter vor, sogar ohne Vorwarnung.

»Während er schlief?«, fragte Santo Campo, der noch völlig durcheinander war wegen des Unglücks, das sich vor seinen Augen ereignet hatte.

»Er schlief nicht, er war bereits tot.«

Nora starrte auf den Stuhl, auf dem Alessandro Filangeri stundenlang gesessen hatte. Matteo stand neben ihr und wich nicht von ihrer Seite, wie eine Mauer, an die sie sich hätte lehnen können, falls sie das gewollt hätte. Giuseppe Ribaudos Augen glänzten feucht. Don Tanino dei Tonni fehlten dieses eine Mal die Worte. Die herbeigeströmten Leute sagten nichts, Überraschung und Bedauern drückten sie nieder. Alle blieben auf der Piazza, auch noch Stunden, nachdem man die Leiche fortgeschafft hatte, als ob die Nähe der anderen irgendwie eines jeden Furcht vertreiben könnte. Vor einigen Jahren waren sie dort zusammengekommen, um den Tod des Grafen und seiner Gattin zu betrauern, und nun kommentierten sie den Tod des älteren Sohnes, den alle Sommer für Sommer auf ihrer Insel hatten aufwachsen sehen.

Jeder von ihnen dachte das Gleiche, aber keiner hatte den Mut, es auszusprechen.

Von den Grafen Filangeri war nur noch einer übrig.

1986

Massimiliano Filangeri war jemand, der immer sorglos durchs Leben ging, dabei hatte er bereits ziemliche Sorgen am Hals, bestehend aus Beträgen mit zu vielen Nullen, die er innerhalb von vierundzwanzig Stunden an die bezahlen musste, die gegen ihn am Spieltisch gewonnen hatten und gnadenlos sein respektables Vermögen dezimierten.

Das Glücksspiel war sein Dämon, seit er am Pokertisch seines Großvaters zum ersten Mal dessen Lockruf erlegen war. Anfangs hatte ihn das Schweigen fasziniert, die misstrauischen Blicke und die ungesagten Dinge, die über dem grünen Tuch hingen wie geheimnisvolle Regeln, gepaart mit dem Duft neuer Karten und dem leisen Klackern des Talons, wenn er geteilt, gemischt und verteilt wurde. Später fesselten ihn die Mechanismen des Spiels, das langsame Aufdecken der noch von den anderen verborgenen Karte, der Wechsel des Pots von einem Spieler zum anderen als Beweis von Spieltalent und wechselhaftem Zufallsglück.

Er spielte seit der Mittelstufe, und inzwischen betrachtete er Poker als seinen wahren Beruf, auch weil er keinen anderen hatte. Das Vermögen der Filangeri hatte ihm bislang ermöglicht, seine Gläubiger pünktlich zu bezahlen, mochten das elegante Herrschaften sein, die er im Spielkasino von Baden-Baden kennengelernt hatte, oder zwielichtige Gestalten, auf die er in illegalen Spielhöllen traf und die einem Film noir der untersten Kategorie entsprungen schienen. Er war dem Schicksal dankbar dafür, dass er reich war, und überließ es Verwaltern und Treuhändern, sich um seinen Besitz zu kümmern, ganz wie sein älterer Bruder, Gott hab ihn selig.

Nach Katria kam er nur ab und zu, mehr aus alter Gewohnheit als aus Interesse, und in diesen Wochen öffnete er die Villa wieder, machte Touren mit dem Motorboot, lud Gäste von überallher ein, um sie in langen Pokernächten bei leiser Hintergrundmusik und starkem Kaffee abzuziehen oder selbst abgezogen zu werden. Er war ein großer, recht attraktiver Mann, mit der einnehmenden Art eines Erben aus gutem Hause und einem melancholischen Schimmer in den grauen Augen, der allerdings eher seiner Kurzsichtigkeit geschuldet war als irgendeinem geheimen Kummer. Dieses Jahr kam er mit einer Ducati, ähnlich der, die das Schicksal seiner Eltern besiegelt hatte, und in Gesellschaft von lärmenden, gelangweilten Freunden, die noch vor der Mattanza wieder abreisten. Er selbst blieb noch eine Woche länger, um die von Ribaudo geführten Bücher einzusehen und Spaziergänge über die Insel zu unternehmen. Vielleicht aufgrund seines englischen Erbes liebte er es zu laufen, selbst unter der heißesten Sonne und ohne einen ersichtlichen Grund außer dem, einen Fuß vor den anderen zu setzen und nach den großartigen Panoramen Ausschau zu halten, die Katria den beharrlich Suchenden bot. Die unermessliche Schönheit von allem, was er liebte – Meer, Himmel, Steilhänge und andere Inseln –, befreite ihn ein wenig von der Angst, die ihn bedrückte, weil er immer noch nicht begriffen hatte, was genau er aus seinem Leben machen und woher er das Geld nehmen sollte, um seinen Dämon auf ewig zu befriedigen.

An jenem Tag verzichtete der Conte auf seinen langen Spaziergang. Nachmittags hatte er einen Termin mit Amministratore Ribaudo, und den Morgen verbrachte er damit, durch die Gassen zu schlendern, mit den Dorfbewohnern zu plaudern, die er von klein auf kannte. Und kurz vor Mittag wollte er den alten Raìs besuchen.

Als er den hellen Raum betrat, in dem Andrea Lombardo beim Fenster saß und den Himmel betrachtete, traf er dort auf Nora Greco. Sie wirkte, als sei sie mit den Gedanken ganz woanders und etwas verwundert über seinen unerwarteten Besuch.

Sie stand auf, um ihm etwas zu trinken zu holen, und bot ihm dann einen Stuhl an. Massimiliano Filangeri saß dann längere Zeit schweigend da und beobachtete den alten Raìs, als ob er nach einem Weg suchen würde, zu dessen Erinnerungen vorzudringen.

»Rede ruhig, er wird nicht antworten, aber er hört und begreift alles«, flüsterte Nora, als sie ihm ein Glas Orangeade reichte. Verblüfft hörte sie dann, wie dieser reiche, weltgewandte Mann den Raìs in perfektem Dialekt ansprach, ihn nach Thunfischen, Netzen, Winden und Routen befragte, ab und an nickte, als ob der Hüne ihm antwortete, aber in Wirklichkeit hielt er nur Zwiesprache mit sich selbst, und das mit der Geschicklichkeit eines Akrobaten.

»Erinnern Sie sich, Raìs, wie Sie mich als kleinen Jungen auf den Schultern herumgetragen haben, um die Netze, die gefangenen Thunfische und die zum Verpichen bereiten Boote anzusehen?«, fragte er, und die Augen des alten Mannes strahlten, sie wandten sich dem Conte zu, und dann wanderten sie wieder zurück, um den Himmel zu betrachten. Massimiliano Filangeri blieb, bis die Glocken ein Uhr läuteten. Noras Mutter bat ihn nachdrücklich, zum Essen zu bleiben, aber da war nichts zu machen. Für den Rest des Tages sah man auf den Lippen des Raìs ein leichtes Lächeln.

Giuseppe Ribaudo schloss die Bücher. Es war Mittagszeit, und Massimiliano Filangeri würde erst gegen vier Uhr ins Büro kommen.

Gegen vier Uhr, überlegte er. Hatten vielleicht nicht einmal die Filangeri, die doch durch ganz Europa gereist waren, das so typisch sizilianische »Laster der ungefähren Uhrzeit« abgelegt? Gegen vier Uhr. Das konnte heißen, Viertel nach vier, halb fünf, Viertel vor fünf, auf jeden Fall hieß es, dass er dort noch endlos lange Minuten auf den Grafen warten musste, ohne etwas zu tun zu haben. Seine angeborene Pünktlichkeit, der nobelste Ausdruck von Höflichkeit, hatte in diesen Breiten keine Heimat gefunden. Er sah auf seine Uhr. Bis um vier Uhr oder eventuell auch Viertel vor fünf blieb ihm eine Menge Zeit, um seiner Leidenschaft zu frönen.

Giuseppe Ribaudo hatte dieses Lächeln schwach werden lassen. Ihm gefielen auch die Hände, wie sie sich bewegten, wenn sie die Crodino-Fläschchen öffneten oder die Hebel der uralten Kaffeemaschine bedienten. Der Amministratore begnügte sich damit, die Bewegungen von einem Tischchen der Bar Campo zu verfolgen, und ab und zu ging er zur Theke, um noch einen Espresso zu bestellen, den er eigentlich gar nicht wollte, einfach nur, um diesem Wunder der Schöpfung, für das uns der Herr Augen geschenkt hat, ein wenig näher zu sein.

Ich bin zu alt, um mich hier mit Liebeskummer zu quälen wie ein unbeholfener Teenager. Ach, ich bin so lächerlich, sagte er sich, ohne zu wissen, dass dann seine Miene noch sehnsüchtiger wirkte, seine Seufzer noch besser in der Stille der Bar zu vernehmen waren, die sonst nur das Klappern der Löffel und die raue Stimme von Umberto Tozzi aus dem Radio unterbrachen. Es war halb drei, und er rechnete sich aus, dass er mehr als eine Stunde an seinem Tischchen sitzen geblieben war, um das Objekt seiner Begierde dabei zu beobachten, wie es sich hinter dem Tresen bewegte, die Kunden bediente und ein paar Sätze mit ihnen wechselte, schön wie ein Gott, groß, braunhaarig, muskulös und so unglaublich männlich.

Er ging zur Theke und bestellte noch einen Espresso, wobei er inständig hoffte, dass man ihm seine Gefühle nicht ansah.

Ribaudo war verzweifelt. Er lebte bloß für diese bangen Momente in der Bar, die zu nichts führten, auf die er aber genauso wenig verzichten konnte. Bislang hatte er nur flüchtige Begegnungen und auch die bloß gegen Geld gehabt, damals als Student in einer Stadt, die groß genug war, damit er anonym bleiben konnte. Seit er nach Katria gekommen war, hielt er die Augen immer gesenkt und seine Wünsche im Zaum, und er gestattete sich nur selten, mit dem Blick die kräftigen Beine und die von Wasser und Schweiß glänzenden Muskeln der schönsten Fischer zu erkunden. Und jetzt passierte ihm das, und er konnte nichts dagegen machen.

Nora sah, wie er sich noch einen Espresso holte und Emanuele Campo, Santos Sohn, der hinter der Theke bediente, dabei nicht aus den Augen ließ; sie empfand dabei eine seltsame Zärtlichkeit für Giuseppe Ribaudo. Wie er dort so sehnsüchtig verweilte, tat er niemandem weh außer sich selbst. Sie fragte sich, ob auch andere etwas bemerkt hatten oder ob sie sich irrte, aber ihr genügte ein Blick in Ribaudos völlig verwandeltes Gesicht, um ihren Verdacht bestätigt zu sehen.

Sie setzte sich ihm gegenüber, er stand auf, um sie zu begrüßen, und fragte sie, ob er sie auf einen Espresso einladen dürfe.

Nora nahm an, und der schmächtige Mann eilte glücklich zum Tresen. Falls noch ein anderer Gast seine Gefühle bemerkte, dann zeigte er es nicht oder bemühte sich, sie sofort wieder zu vergessen.

Nora griff nach dem heißen Tässchen und nahm einen Schluck von dem starken, bitteren Getränk.

»Muss ich später auch dabei sein, wenn der Besitzer kommt?«

»Wenn Sie wollen, Raìs, aber es ist nicht nötig. Die üblichen Verwaltungsangelegenheiten.« Ribaudo war nicht entgangen, dass Nora Massimiliano Filangeri nie bei seinem Namen nannte. Er war immer *der Besitzer*, so wie sie der Raìs war, und sie sprach dieses Wort stets mit einem kaum merklichen Hauch von Ironie aus.

»Für die Journalisten denken Sie sich bitte etwas aus, Dottor Ribaudo.«

»Ich kann ihnen doch nicht sagen, dass der Raìs in der Zeit der Mattanza nicht da ist, sie werden trotzdem kommen.«

»Dann sagen wir ihnen eben, dass der Raìs Nicola Valenti ist oder Matteo Martorana, egal.«

»Aber warum denn nicht die Wahrheit sagen? Weshalb? Und außerdem werden sie Sie auf der Muciara sowieso sehen.«

»Aus der Ferne und in einer Öljacke«. Ribaudo wollte etwas entgegnen, als Laura in die Bar trat, sich suchend umsah und dann auf sie zukam. Sie hatte die Lippen fest zusammengepresst, und ihre Augen waren wie erloschen.

»Komm, Nora. Der Raìs.«

Andrea Lombardo starb, ohne etwas ungeklärt zu lassen, es gab nichts mehr zu regeln, kein Versprechen und keinen Wunsch zu erfüllen. Er hatte sich den Gesetzen der Natur widersetzt und war auch als alter Mann nicht kleiner geworden, daher brauchte es für diesen Zwei-Meter-Hünen einen riesigen Sarg, und die Tonnaroti stritten um das Privileg, ihn bis zum Friedhof auf den Schultern zu tragen. Nora kam es seltsam vor, dass man ihn in eine Holzkiste sperrte, anstatt ihn dem Meer zu überlassen. Nach der Beerdigung rannte sie zur Mole, stieg in die Muciara und ruderte bis in die Grotte mit der Palme. Nach Tagen voller Beklemmung und Leere atmete das Meer nun wieder frei durch, als hätte der Tod des alten Raìs eine schlummernde Energie freigesetzt.

Am Eingang der Höhle näherten sich glasklare Quallen dem Boot, und aus dem Inneren drang der schwere Atem des Wassers zu ihr, das von einer schmalen Felspassage eingesaugt wurde. Sie ruderte weiter hinein in eine dunkle Höhle, in der es kühl und feucht war. Es gab keinen anderen Ort zwischen Himmel und Erde, wo der Raìs besser für immer aufgehoben war. Sie nahm das Kupferkreuz, das Andrea Lombardo und vor ihm sein Vater benutzt hatten, um den Beistand ihrer Heiligen für den Fischfang zu beschwören und Zeichen in der Luft zu beschreiben, um Meeresstürme und Unheil abzuwehren. Nora betrachtete das Kreuz, fuhr mit dem Finger über die polierte Oberfläche und warf es dann ins Wasser, damit das Meer die Seele des alten Raìs zu sich nähme. Sie betete zu den Kräften der Natur, zur unermesslichen Energie des Ozeans, der Gnade des Himmels und der Festigkeit der Erde, und war sich unterschwellig bewusst, dass sie ein heidnisches, aber notwendiges Ritual ausführte, wie all die anderen, die seit jeher ihre Jagd auf dem Meer begleiteten.

Die Mattanza dieses Jahres sollte aus drei Gründen unvergesslich bleiben. Der erste war die Ankunft der Journalisten, die mit einem Fernsehteam auf die Insel kamen, um den Raìs zu interviewen. Die Dorfbewohner waren vorgewarnt, und während der drei Tage, in denen die Presse vor Ort war, wurde Matteo Martorana von allen als der Anführer gegrüßt und verehrt, der der Insel ihren großartigen Fang sicherte. Die Müßiggänger in der Bar Campo und die Fischer an der Mole, die Frauen, die sich im Schatten etwas ausruhten, und die Kinder, die über die Piazza tobten, Lehrer Pennisi und sogar der Gemeindepfarrer wurden nicht müde, vor den Fernsehkameras sein Loblied zu singen, und Matteo selbst gab im Baglio der Fischfabrik ein TV-Interview, in dem er genauso wortkarg und mit Piratenblick Antworten gab, wie es die Zuschauer von Telesud vielleicht erwarteten.

»Das habe ich bloß getan, weil du mich darum gebeten hast«, sagte er später zu Nora, die im Baglio mitten in der Menge gesessen und diese Scharade amüsiert verfolgt hatte.

Was dann im Fernsehen gesendet wurde, war allerdings nicht die Ansammlung aus Folklore und Stereotypen, die Nora inzwischen gewohnt war: Die Worte waren sorgfältig gewählt, wie auch die Bilder von Netzen, Booten und Klippen, die mit völlig neuem Ansatz gefilmt worden waren und nichts mit den üblichen Postkartenklischees zu tun hatten. Der Bericht erzählte von einer Welt, die auf Hierarchien und uralten Regeln basierte, und zeigte die mit dem Fischfang verbundenen Bräuche als Garant für die Unveränderlichkeit der Abläufe, die das Überleben der Insel sicherten. Dem Raìs Matteo Martorana wurden gut zehn Minuten Sendezeit gewidmet.

Der zweite Grund waren die Touristen. Eine Reiseagentur aus Trapani hatte sich ein Urlaubspaket ausgedacht, das neben einem Bootsausflug mit Aperitif und einem Besuch der Grotta del Pisano auch »das jahrtausendealte brutale Ritual der Mattanza« beinhaltete, wie es der knallbunte Prospekt beschrieb. Das Meer selbst gebot ihrem Treiben Einhalt, indem es sich mit geheimen Strömungen gegen ihre neugierigen Augen und das banale Geknipse ihrer Fotoapparate wehrte. Nora freute sich darüber. Die wesentlich stärkere Strömung, die demnächst ihre Welt fortreißen sollte, war vorerst eine unterschwellige Sorge, eine vage Ahnung.

Der dritte Grund war, dass an dem Abend, als die Mattanza endete, Matteo Martorana sie fragte, ob sie ihn heiraten wolle. Es kam vollkommen unerwartet. Ja, es hatte Küsse und Händchenhalten zwischen ihnen im Boot gegeben, ein zärtliches Streichen über die von der Gischt feuchte Stirn, aber nie Worte, die ihre Liebe erklärten, denn sie wären unnötig gewesen. Eigentlich war es nicht überraschend für Nora, es war nur natürlich, dass er sie das fragte, und sie nahm an, weil sie sich nicht vorstellen konnte, einen anderen als ihn zu lieben, ihn mit seiner trägen Melancholie und den dunklen Augen, die in ihrem Inneren lasen.

Das Dorf nahm die Nachricht so erstaunt auf, als hätte man Sonne im August vorhergesagt. Es wusste das schon, auf diese instinktive Art, in der man die Dinge eben weiß, die wirklich wichtig sind. Die Legende, die seit Generationen von Haus zu Haus, von Vater zu Sohn überliefert wurde, besagte, dass der Raìs Titel und Talent an die eigenen Nachkommen weitergab. Es war daher unerlässlich, dass Nora Greco bald einen Erben hatte, aber es musste nicht unbedingt ein Junge sein.

1990

Die ersten Toten tauchten im Mai auf.

Leichen, aufgebläht von Wasser und Angst, Beutestücke, die der bereits gesättigte Tod aus seinen Fängen entlassen hatte.

Den ersten Ertrunkenen holte Saro Vitale heraus, der bei dem Anblick weinte und fluchte und so schnell er konnte mit seinem Unglücksfang zur Mole zurückfuhr.

»Ein kleiner Junge. Der ist doch noch ein kleiner Junge«, stammelte er ununterbrochen, und man merkte ihm an, dass er unter Schock stand. Einige der Männer, die sich um ihn versammelt hatten, versuchten, ihn zu trösten, andere befreiten den Körper aus dem Netz und von den Krabben. Für alle stand fest, dass es sich bei dem Kind um einen von den vermissten Afrikanern handeln musste.

»Das ist bestimmt der Junge, nach dem sie gesucht haben«, meinte Nicola Valenti.

»Er hat mindestens drei Tage im Wasser gelegen«, erklärte Dottor Basile, während Don Cosimo nur stumm ein Kreuz schlug, um den Toten zu segnen, ohne Weihwasser, da der Junge von Wasser, mochte es nun gesegnet sein oder eher verflucht, schon genug abbekommen hatte.

Die zweite Leiche, eine Frau, fand Luigi Pintacuda am nächsten Tag in seinem Netz. Er fuhr sofort zurück in den Hafen, informierte die zuständigen Behörden und sagte danach leise, denn er erhob nie die Stimme, zu den Leuten, die herbeigelaufen waren, er würde in seinem Leben nie wieder einen Fuß in ein Boot setzen, womit er die Serie von spektakulären Fängen beendete, die ihn weit über den Archipel hinaus zu einer lebenden Legende gemacht hatten.

Die dritte Leiche, einen Mann, zogen Gero Alcamisi und Lorenzo Matalotto aus dem Wasser. Dem Ertrunkenen fehlte das Gesicht, die Fische hatten es ihm abgefressen, genau wie seine Finger.

Dass sich der Tod hier auf der Mole so obszön im hellen Licht der Sonne zeigte, unter aller Augen, ließ ihn noch unerträglicher, ja noch widernatürlicher erscheinen als die Blumen, die Kerzen und die Gebete, mit denen man ihm gewöhnlich seinen Schrecken austrieb. Lorenzo befreite den Toten aus dem Netz, deckte ihn mit seiner Jacke zu und stimmte eine Art Schlaflied an, während er über ihn wachte, ein Lied, das noch niemand von ihnen zuvor gehört hatte. Er wäre die ganze Nacht dort geblieben, hätte Gero ihn nicht beinahe mit Gewalt weggezogen.

Diese traurige, heilige Familie wurde auf dem neuen Teil des Friedhofs begraben, unter dem Geleit aller Bewohner der Insel. Zum Gedenken an die Toten errichtete man drei Kreuze mit Namen, die man entsprechend den Tagen aus dem Heiligenkalender entliehen hatte, und schmückte sie mit frischen Blumenkränzen. Schließlich sollte keiner sagen, dass Katria sich nicht um Fremde kümmerte, ganz gleich, wie sie die Insel erreichten.

Als Don Tanino dei Tonni hörte, dass Gero Alcamisi den dritten Toten an Land gebracht hatte, der ihm gemeinsam mit Brassen und Knurrhähnen ins Netz gegangen war, prophezeite er, es würden nun viele kommen, Boote voller Menschen aus einer anderen Welt, und Katria würde durch sie wie früher in seiner Geschichte ein Ort der Ankunft und des Aufbruchs sein.

»Ihr werdet sehen, das ist erst der Anfang«, verkündete er von seinem Flechtstuhl aus und grübelte tagelang darüber nach, ob dies nun gut oder eher schlecht war, voller Stolz, dass er so klare Vorstellungen von der Zukunft hatte und noch die Kraft, sie jedem mitzuteilen, der ihm zuhörte.

»Es gibt keinen Grund zur Sorge, denn was anfängt, endet auch irgendwann. Man muss nur Geduld haben und abwarten«, sagte er schließlich.

Doch einige Zeit später, als diese Unglücklichen in unerträglicher Regelmäßigkeit in ihren Booten kamen und Ertrunkene zu Hunderten angespült wurden, gestand er zumindest sich selbst ein, dass es auf der Welt noch absurder zuging, als es sich ein über hundertjähriger Fischer vorstellen konnte, und wenn er noch so viel dort draußen auf diesem verhängnisvollen Meer gesehen hatte.

In einer stürmischen Nacht ereignete sich, was als die »erste Anlandung« in die Dorfgeschichte eingehen sollte. Der Favonio strich düster raunend in Schlangenlinien übers Meer, als hätte ihn irgendein ziemlich einfallsloser Dämon erdacht; er verbreitete Geheimnisse, Gerüche, Erzählungen von anderen Ozeanen und anderen Ländern, neue Gedichte und uralte Gesänge und trieb das große Boot mit den Unglücklichen an Bord vorwärts, während er ihnen das wichtigste Geheimnis von allen in die Ohren blies, nämlich wie bar jeder Logik das Leben sei. Es war ein Wind zum Fürchten, der Wölfe und Wildschweine in ihre Schlupfwinkel trieb, diejenigen, die keinen Schlaf fanden, an ihre Sünden erinnerte und denen, die in der Nacht nicht schlafen wollten, neue einflüsterte.

Das Boot schlug gegen die Klippen der Cala Grande, zerschellte dort und löste sich auf, als ob die Nägel und die Verzweiflung, die es bisher zusammengehalten hatten, nur darauf gewartet hätten, dass es irgendwo ankam, ehe sie endgültig aufgaben. Die neunundvierzig Flüchtlinge, Migranten, Nicht-EU-Bürger, Illegale und Verzweifelte, wie sie später von den Reportern und Moderatoren zahlreicher Talkshows genannt wurden, sprangen ins Meer und tasteten sich in der Dunkelheit durch das Wasser, das ihnen bis zum Hals stand, vorwärts zum Strand, einer hellen, kaum wahrnehmbaren dünnen Linie, aber dennoch Land, fester Boden, Rettung.

Santo Campo, der die Bar um halb sechs öffnete, sah sie als Erster. Später erzählte er jedes Mal, wenn ihn jemand danach fragte, dass er sich wie in einem Albtraum gefühlt habe, weil er sich nichts Unwirklicheres hätte vorstellen können als diese Männer, Frauen und Kinder, in Lumpen, barfuß, mit vom Durst aufgeplatzten Lippen, von den Klippen zerschnittenen Füßen und hellen Salzrändern auf der dunklen Haut; Menschen, die mit aufgerissenen Augen die Piazza, die Häuser und die Theke der Bar anstarrten, die er gerade mit Wasser und Natronlauge säuberte.

Wie Trümmer, die sich nach einem Erdbeben auftürmen, drängten sie sich langsam und geisterhaft auf der Piazza zusammen. Sie standen da, als hätte sie jemand dorthin zitiert und dann vergessen, nachdenklich und stumm, weil sie die Worte dieser neuen Welt nicht kannten, so wenig wie diese Welt die ihren.

Santo Campo ergriff die Flucht.

Während er die Treppen hinauf in den ersten Stock rannte, um in seiner Wohnung Schutz zu suchen, schoss ihm der Gedanke durch den Kopf, dass ihn von nun an die Verzweiflung in den Gesichtern der Überlebenden verfolgen, ihm ständig seine Feigheit vorwerfen und alle Rechtfertigungen, die er hätte anführen können, eine nach der anderen widerlegen würde. In dem Moment wollte er jedoch nur noch eins, sich in sein Bett verkriechen und dort etwas anderes träumen als diesen Albtraum. Das gelang ihm jedoch nicht, denn auf der Treppe begegnete er seinem Sohn Emanuele, der nach unten wollte.

»Wer sind diese Leute? Ich habe sie vom Fenster aus gesehen. Wer ist das, und was wollen sie hier?«, fragte er, und Santo Campo brachte es nicht übers Herz, vor seinem Sohn als Feigling dazustehen.

»Ich hole Handtücher«, fiel ihm gerade noch ein. »Gib ihnen schon mal Wasser und koch Kaffee für sie.«

Und so kam es, dass an jenem Morgen die ersten Gäste der Bar Campo alle Tische bereits besetzt vorfanden; die Bar war gefüllt mit verwirrten dunkelhäutigen Fremden in Lumpen, die Kaffee tranken und Croissants, Obsttörtchen und süße Cassatelle aßen, als hätte jemand eine kleine Willkommensfeier organisiert. Manche von ihnen lächelten, andere weinten, Kinder erkundeten auf wackeligen, spindeldürren Beinchen die Piazza, übermüdete junge Mädchen tuschelten untereinander, während einige Männer versuchten, sich mit Händen und Füßen verständlich zu machen, nachdem sie begriffen hatten, dass die Englisch- und Französischkenntnisse der Einheimischen sich auf wenige Brocken beschränkten. Während ein paar der Neuankömmlinge sich, auf der Suche wonach auch immer, in den Straßen verteilten, berief Lehrer Pennisi im Hinterzimmer der Bar eine spontane Dorfversammlung ein.

»Wir müssen jemanden informieren«, verkündete er.

»Wir müssen die Küstenwache anrufen«, sagte Don Gaetano.

»Das Rote Kreuz«, schlug Dottor Basile vor.

»Ich gehe zum Bäcker und hole noch Brot«, erklärte Peppe

Vino e Cucina; er wusste zwar genau, dass dies vollkommen unwichtig war, aber er wollte unbedingt etwas beitragen.

»Ruft an, wen ihr wollt, ich habe hier zu tun«, brummte Santo Campo, der mit Wasserflaschen bepackt hin und her eilte und dabei schwitzte wie ein Marathonläufer.

Die Schiffbrüchigen liefen inzwischen ziellos durch die Straßen, ohne zu wissen, was sie tun, wo sie sich niederlassen, wohin sie gehen sollten. Einige ältere Leute im Dorf erschraken bei ihrem Anblick und verbarrikadierten sich in ihren Häusern, verriegelten Fensterläden und Türen, aber die Mehrzahl der Dorfbewohner versuchte sich nützlich zu machen, indem sie den Fremden Essen und saubere Kleidung anboten und schon von vornherein zum Scheitern verurteilte Gespräche anfingen, die unvermeidlich in Gesten der Resignation endeten.

Dottor Basile und Laura Greco verbreiteten sofort die Information, dass sie in der Krankenstation Verbrennungen, Schwindel und Durchfall behandeln würden, aber sie hatten kein Mittel, um den Schrecken und die schlimmen Erinnerungen zu vertreiben. Deshalb hörten sie den Geschichten und Fragen zu, die die verzweifelten Menschen wie weitere Verletzungen mit sich trugen, verstanden wenig, stellten sich aber das Schlimmste vor. Eine Frau erzählte in gebrochenem Französisch von einem Mann, einer Frau und einem Jungen, die das Meer verschlungen hatte, und begann dann so zu weinen, als müsse sie sich auf einmal von allen Tränen befreien, die das Schicksal ihr zugeteilt hatte.

»Das müssen die ersten drei gewesen sein, die wir aus dem Meer gefischt und begraben haben«, erklärte Dottor Basile und schloss daraus, dass die Menschen wohl für entsetzlich lange Zeit ziellos auf dem Meer herumgeirrt waren.

In den folgenden Stunden gingen auf Katria das Rote Kreuz, die Carabinieri, Polizei, Marine und die freiwilligen Helfer der

Caritas an Land, beladen mit Survival-Kits, die aus vollkommen deplatzierten Wolldecken, T-Shirts in Einheitsgröße und Gummisandalen bestanden. Die Kirche wurde zum Hauptquartier erklärt, und man forderte die Flüchtlinge auf, sich dort zu versammeln, damit man ihre Personalien aufnehmen konnte. Die meisten folgten der Aufforderung, die eigentlich ein Befehl war, manche jedoch verstreuten sich im Ort und entlang der Küste, auf der Suche nach irgendeiner Möglichkeit, ihre Reise fortzusetzen, weil sie begriffen hatten, dass sie nicht an ihrem geplanten Ziel angekommen waren.

In der Nacht zuvor war Nora von einem schrecklichen Traum gequält worden, einem Albtraum, für den es keinen offensichtlichen Grund gab. Matteo hatte sie daraus geweckt, sie beruhigt und in den Armen gehalten, bis sie wieder eingeschlafen war.

Erst als einige Stunden später Saro Vitale zu ihnen kam und ihnen von der Anlandung der Flüchtlinge erzählte, erinnerte sich Nora an ihren Traum: Sie saß allein in einem Boot, das auf dem Wasser trieb, und sie wusste, dass sie niemals mehr in einem Hafen anlanden würde. Sie erinnerte sich, wie verloren sie sich gefühlt hatte, und spürte, dass dieser Tag den Anfang von etwas Neuem kennzeichnete und dass dieses Neue nicht unbedingt etwas Gutes war.

Nora stellte Saro einen Kaffee hin, unterhielt sich kurz mit Matteo darüber, was jetzt zu tun war, dann packte sie eine Tasche mit allcm, was ihr nützlich erschien, und bog in eine der Gassen ein, die hinunter zur Piazza führten.

Dort versperrte ihr plötzlich ein Riese den Weg.

Der Mann war unglaublich groß, kräftig, hatte schwarze Haut und blutunterlaufene Augen, er wirkte verloren und wie aus einem Märchen, außerdem umgab ihn der starke Geruch nach Algen, den er nie wieder verlieren würde. Als er etwas sagte, tat er dies in perfektem Italienisch, was der Absurdität dessen, was er sagte, keinen Abbruch tat:

»Wo ist der Bahnhof? Ich möchte den Zug nehmen.«

Nora blickte in seine riesigen Augen, die einen ganzen untergegangenen Kontinent einzuschließen schienen.

»Bahnhof? Hier gibt es keine Züge.«

»Sind wir hier nicht in Italien?«

»Wir sind auf Katria, und hier gibt es keine Züge. Hier ist überall nur Meer«, erklärte Nora und holte weit mit dem Arm aus, um ihm diese ganze wunderbare, aber für seine Zwecke leider vollkommen ungeeignete Welt zu zeigen.

»Keine Züge, das ist eine Insel.«

Der Riese schien nun zu schrumpfen. Schultern und Kopf sackten zusammen, als hätte sie bis jetzt ein starkes Seil aufrecht gehalten, das plötzlich nachgab. Er sank auf die Knie und setzte sich auf den Boden, mit dem Rücken an eine Mauer gelehnt, die Augen waren starr auf einen Bildstock mit einem Heiligen gerichtet, der seinem Leid gleichgültig zusah.

»Ganz in der Nähe ist ein Arzt. Er kann diese Verbrennungen behandeln und hat sicher auch etwas für deine Augen, die sind so rot«, schlug Nora ihm vor, weil sie sich aus irgendeinem Grund schuldig fühlte. Doch der Riese schien sie nicht zu hören, vielleicht wollte er ihr auch nicht antworten. Er blieb reglos dort sitzen, wie ein Geist, als ob niemand ihn mehr sehen könnte, als ob die ganze Kraft, die ihm geblieben war, sich in ungesagten Dingen auflöste, in der Erwartung von vorhersehbaren, aber keineswegs sicheren Ereignissen.

Nora gab ihn in die Hände von Donna Vincenza, die mit einem Brötchen und einem Glas Wasser aus dem Haus gekommen war, und ging zur Krankenstation, wo sie sich allerdings eingestehen musste, dass sie dieser Tragödie vollkommen ohnmächtig gegenüberstand und wie nutzlos alles war, was sie wusste, was sie sagte, was sie fühlte, um die Wunden dieser verletzten Menschheit zu heilen.

»Auf dieser Insel zu leben ist, als würdest du auf einem Boot leben, du hast immer dieselben Menschen vor dir. Heute haben wir wenigstens mal ein paar neue Gesichter gesehen«, meinte Matteo mit aufgesetzter Fröhlichkeit, um Nora nach all dem Leid und Schmerz aufzubauen, die sie an diesem Tag miterlebt hatte.

»Dieser Zynismus passt nicht zu dir.« Nora ließ sich auf einen Stuhl sinken. Der Duft nach gegrilltem Fisch erfüllte die Küche. Matteo goss Weißwein in die großen Gläser, die Dottor Basile ihnen zur Hochzeit geschenkt hatte, und reichte ihr ihres, aber keiner der beiden konnte etwas trinken, geschweige denn essen. Sie sahen einander an, standen im selben Moment auf, packten den Fisch, das Brot, Obst, Kekse und alles, was sie konnten, zusammen und gingen zur Kirche, wo die Schiffbrüchigen darauf warteten, dass die Polizei ihnen mitteilte, was aus ihrer verunglückten Unternehmung werden würde.

Alle, die zwischen den Klippen verschwunden waren, hatte man aufgespürt und zu den anderen gebracht, ob mit Versprechen oder Drohungen, ließ sich schwerlich sagen. Das erfuhren die Dorfbewohner von einem ehrenamtlichen Helfer des Roten Kreuzes, der freimütig vertrauliche Details ausplauderte; ihnen selbst hatte man nämlich den Zutritt verwehrt, und nun saßen sie alle zur Abendbrotzeit dort auf den Kirchenstufen, beladen mit belegten Brötchen, Auflaufformen mit überbackenen Nudeln, Getränken, Kleidung und sogar etwas Spielzeug, da sie alle im selben Moment von derselben Appetitlosigkeit und demselben Gedanken erfasst worden waren. Der Duft nach Frittiertem vermischte sich mit dem nach Keksen, Kommentare mischten sich mit Fragen und Mutmaßungen darüber, wer diese Fremden wohl waren, wonach sie suchten, was sie finden würden, und vor allem, ob sie, Gott behüte, bleiben würden, denn christliche Nächstenliebe war eine Sache, aber Fremde und noch dazu Schwarze im Haus zu haben, eine ganz andere, was sagt ihr denn da, schwarz oder weiß, wir sind doch alle gleich, was sollen wir denn tun, sie ins Meer zurückwerfen? Die Leute wollten bestimmt nicht hierher, wer weiß, wohin sie unterwegs waren, wer weiß, wohin man sie jetzt schickt. Ein Polizeibeamter kam, holte das Essen und die Kleidung und verschwand damit wieder in der Kirche. Langsam löste sich die Menge auf, und schließlich blieben nur noch ein paar Katzen auf dem Kirchplatz zurück und Lorenzo Matalotto, der mit einer Tüte voller Thunfischbrötchen in der Hand abwesend vor sich hin starrte, wie jemand, der gerade einen bedeutenden Plan schmiedet.

Nora redete mit Matteo, Lehrer Pennisi mit dem Pfarrer, Donna Vincenza mit ihrer Nachbarin, und alle kamen sie zu dem gleichen Schluss, dass die Fremden bleiben sollten, schließlich hatten sie ihr Leben aufs Spiel gesetzt, um hierherzukommen, und dafür musste es einen Grund geben. Bleiben schon, aber nicht alle hier, nicht auf Katria, dafür war die Insel wirklich zu klein, und es gab nicht genug Platz für all diese Fremden. Doch jemand sah das anders; Tommaso Martinez und Agatino Spanò hatten die großartige Idee, zu den Carabinieri zu gehen und für die Flüchtlinge drei Arbeitsplätze als Fischer auf ihren Booten anzubieten. Sie wurden einem strengen Verhör unterzogen, ihnen wurde vorgehalten, sie würden illegale Einwanderung unterstützen, das sei strafbar und habe mit gutem Willen und Großzügigkeit nichts zu tun, und man schickte sie mit einem Klaps auf die Schulter weg. Die Flüchtlinge, Migranten, Nicht-EU-Bürger, Illegale und Verzweifelte, wurden nach Trapani transportiert und, wie man später erfuhr, in einer koordinierten Operation von Küstenwache, Polizei und Marine in ihre Heimatländer zurückgebracht, ohne dass sich jemand erst die Mühe machte, zu überprüfen, was sie in dieser Hölle erwartete, der zu entfliehen sie so viel auf sich genommen hatten.

Einige Tage gingen ins Land, und auf Katria nahm das Leben wieder seinen gewohnten Gang. Die Netze brachten nur Fische nach oben, das Dorf lebte im Rhythmus der Tonnara, und alle fragten sich, wann Nora Greco endlich ein Kind bekommen würde.

Vier Jahre schon teilten Nora und Matteo Tisch und Bett, Gedanken und Gefühle, ihr Leben verlief nach wie vor wie ein reibungslos funktionierendes Getriebe, in dem Schweigen genauso viel bedeutete wie Worte und das stärkste Band zwischen ihnen in den geteilten Leidenschaften und der Gemeinsamkeit ihrer Erinnerungen bestand. Nora dachte nicht allzu viel an das Kind, das nicht kam, sie war bereit, es willkommen zu heißen wie auch ohne es zu leben, in dem Wissen, dass das Schicksal dies für sie entscheiden würde, wie es das schon immer getan hatte. Etwas anderes dagegen ließ ihr keine Ruhe: Die diesjährige Mattanza war wesentlich schlechter ausgefallen als die vorigen.

»Daran sind nur diese verdammten Fangflotten mit ihren fliegenden Tonnaras schuld, die klauen uns die Thunfische, bevor sie hier ankommen«, fluchte Nicola Valenti.

»Und die ganzen Motorboote, die die Schwärme verschrecken«, ereiferte sich Michele Santangelo.

»Ganz zu schweigen vom Teer und Schweröl«, meinte Agatino Spanò, und jede dieser wahren Aussagen war für Nora ein Stich ins Herz.

Zwei Monate waren seit dem Ereignis vergangen, das das Dorf für immer als die erste Anlandung erinnern würde, als der Letzte der Filangeri auf die Insel zurückkam.

Massimiliano Filangeri hatte sich endlich seinem Dämon ergeben. Er versuchte gar nicht mehr, sich ein Limit für seine Einsätze oder die Stunden am Spieltisch zu setzen. Den Adrenalinkick, den er unbedingt zu seinem Lebensglück benötigte, verschafften ihm nur das Grinsen des Pikbuben, der seraphische Blick der Karodame, die beruhigende finstere Miene des Herzkönigs. Diese ihm so vertrauten Gestalten nahmen manchmal eine geheimnisvolle Identität an, sie wirkten frech, bedrohlich oder weise wie Helden aus alten Kostümfilmen und forderten ihn auf, an ihren Intrigen und Verschwörungen teilzuhaben.

»Ich drehe völlig durch, ich muss etwas dagegen unternehmen«, versprach er sich jedes Mal, wenn er sich plötzlich um zehn Tage älter und zehn Millionen Lire ärmer wiederfand.

»Ich werde alles verlieren, ich ruiniere ein ganzes Vermögen und dazu noch wer weiß wie viele Menschen«, warf er sich selbst vor, aber wenn er die Schuldgefühle mit ein paar Drinks zum Schweigen gebracht hatte, verspielte er wieder Geld, Häuser und Ländereien in einem unabdinglichen Taumel aus Angst und Lust.

Als er ihn in sein Büro kommen sah, dachte Amministratore Ribaudo, dass Conte Massimiliano Filangeri trotz der starken Empathie für den Rest der Welt, vielleicht ohne sich dessen bewusst zu sein, das forsche Auftreten derer hatte, die mit einem goldenen Löffel im Mund geboren wurden.

»Sagen Sie mir doch, wie der Stand der Dinge ist, Dottor Ribaudo. Ist Geld da, über das ich sofort verfügen kann?«

Ribaudo breitete die Arme aus, als wollte er mit dieser Geste ausdrücken, dass er auf diese Forderung nicht die gewünschte Antwort geben konnte. Er sah den Conte aus den Augenwinkeln an, als wolle er abschätzen, ob der junge Mann, den seine unkontrollierbar gewordenen Leidenschaften fest im Griff hatten, sich für das interessieren könnte, was er ihm gleich sagen würde.

»Die Mattanza hat weniger eingebracht als in den früheren Jahren. Im Augenblick sind nur genug Mittel vorhanden, um die Ausgaben zu decken, Reparaturen vorzunehmen und die Tonnaroti zu bezahlen. Der Thunfisch ist schon verkauft, aber wir warten noch auf die Begleichung der Rechnung.«

Der Conte biss sich auf die Lippe, wie schon als Kind, wenn etwas Unangenehmes, ob es ihm gefiel oder nicht, seine Aufmerksamkeit erforderte.

»Ich weiß, dass meine Eltern ein gutes Angebot für die Fabrik erhalten haben. Von einer japanischen Firma, glaube ich. Ich nehme an, Sie haben immer noch alle entsprechenden Unterlagen und Dokumente.«

»Der gesamte Vorgang müsste archiviert sein.«

Giuseppe Ribaudo hatte Mühe, seine eigene Stimme wiederzuerkennen. Die Worte waren nur schwer, gepresst aus seinem Mund gekommen, als hätte es ihm auf einmal die Stimme verschlagen.

»Ich habe vor zu verkaufen. Da lässt sich ein ordentlicher Preis erzielen, ich habe mich umgehört. Versuchen Sie, mich zu verstehen, Dottore, ich brauche schnellstmöglich Bargeld.«

»Nur ein, zwei Monate, dann haben wir wieder verfügbare Mittel«, erklärte Giuseppe Ribaudo, der sich fühlte, als würde er einen alten Albtraum erneut durchleben.

»Ich habe Schulden, Dottor Ribaudo, und zwar bei Leuten, die nicht warten können«, erwiderte der Conte, und in seinen Augen stand eine kaum gebändigte Furcht. Ribaudo fühlte sich elend. Es war offensichtlich, dass der letzte Erbe des ehrwürdigen Adelshauses mit dem Rücken zur Wand stand.

»Eine große Summe?«

»Mehr, als der Verkauf der Fabrik erbringen könnte, aber wenn ich auch die Villa und die Wagen meines Vaters verkaufe, müsste es genügen.« Der Conte lächelte betrübt.

Giuseppe Ribaudo gelang es nur wie durch ein Wunder, nicht seinem Impuls nachzugeben, sich auf diesen Idioten zu stürzen und ihn zu ohrfeigen. Es war unerträglich für ihn, dass jemand, den er hatte aufwachsen sehen, den er sehr gemocht und für den er jahrelang hart gearbeitet hatte, sich selbst und eine ganze Welt für irgendeine banale Partie Karten zerstören könnte. Im Zweifel, ob das, was er ihm gegenüber empfand, eher Mitleid oder Wut war und ob er die Kraft finden würde, sich ein weiteres Mal der Bedrohung, die immer wiederkehrte, zu stellen, beugte sich der schmächtige Mann über seine Papiere, seine Augen klebten an den Zahlen, als würde er dort jeden Moment eine Lösung für all seine Probleme finden, und er sagte nichts mehr. Massimiliano Filangeri murmelte noch etwas, eine Entschuldigung oder einen Abschiedsgruß, und ließ ihn allein.

Amministratore Ribaudo versuchte erst gar nicht, den Conte umzustimmen, denn es war nur zu offensichtlich, dass der Verkauf der Fabrik und die darauffolgende Zerschlagung der Tonnara von Katria zugunsten eines ausländischen Unternehmens das Einzige war, das Massimiliano Filangeri einsetzen konnte, um sein Leben zu behalten. Die Kredithaie, die ihn bedrängten, ließen sich bestimmt nicht von den Bitten eines Mannes erweichen, der Villen, Autos, weitere Immobilien und sogar eine Tonnara besaß. Schon am folgenden Tag erhielt Giuseppe Ribaudo einen Anruf von jemandem, der die Verhandlungen führen sollte.

»Man muss es dem Raìs sagen, auch den Tonnaroti. Bitte übernehmen Sie das«, bat ihn der Conte. Obwohl Giuseppe Ribaudo mehrfach dazu ansetzte, fand er nicht den Mut, offen auszusprechen, dass Katria nie mehr auf das Vorbeiziehen der Thunfischschwärme warten und es damit einen der Gründe einbüßen würde, weshalb Gott aus einer Laune heraus diesen Felsen ins Meer gesetzt hatte. Er hatte jedoch vergessen, dass dort auf der Insel die Dinge, die man verschwieg, als erste überall die Runde machten.

Das Bewusstsein der drohenden Katastrophe legte sich langsam über das Dorf wie ein Spinnennetz, das zwar nicht zu greifen, aber widerstandsfähig war. Die Insel befiel eine ungewohnte Traurigkeit, das Wissen um eine Niederlage, das die Schultern der Dorfbewohner niederzudrücken schien, es ließ die Frauen und sogar die Kinder verstummen, beugte die Gipfel der Bäume auf dem Monte Hiera und wühlte die Wasser entlang der Küste übermäßig auf. Die Tonnaroti, wie auch alle anderen, taten so, als wären sie ahnungslos, da noch nichts offiziell bekannt gegeben worden war, und der Raìs, der zwar nie sehr redselig gewesen war, übte sich jetzt in einem Schweigen, das alles bedeuten konnte und das jeder auf seine Weise deutete, manche als ein Zeichen tiefster Ratlosigkeit, andere als Ausdruck absoluter Gleichgültigkeit gegenüber einer Bedrohung, die es gar nicht gab, gegenüber etwas, das einfach nicht geschehen durfte, weil es nicht in ihr Weltbild passte.

Massimiliano Filangeri ließ sich nicht mehr im Dorf blicken, er ertrug die fassungslosen Blicke und das Schweigen der Leute nicht, und Giuseppe Ribaudo zermarterte sich weiterhin das Hirn auf der Suche nach einer Lösung.

In jenen Tagen arbeitete die Fabrik auf Hochtouren, jeden

Abend verließen Hunderte Dosen mit Thunfisch, säuberlich auf Paletten gestapelt, das Werk, um auf hohe See zu gehen. Alles war wie immer, außer einem gewissen Missmut bei den Arbeiterinnen, die nicht mehr miteinander plauderten oder sangen, und dem plötzlichen Redefluss von Giacomo Nasca, der schon vor Längerem anstelle seines Vaters die heikle Aufgabe übernommen hatte, mit einem Stock auf die geschlossenen Dosen zu klopfen, um so zu überprüfen, ob Luft eingeschlossen war. Dieser nahm eines Morgens Ribaudo beiseite, um ihm zu sagen, was er von der Sache mit dem Verkauf hielt.

»Wissen Sie, Dottore, ich mag den Geschmack von geräuchertem Thunfisch. Ich mag ihn auch in Öl eingelegt, abends im Winter, mit Zwiebel, Oliven und einem warmen Moffoletta-Brot. Ich bin neunundfünfzig und esse Thunfisch auf jede erdenkliche Art, seit ich drei Jahre alt bin.«

Giuseppe Ribaudo nickte zerstreut, denn Giacomo Nascas Essensvorlieben interessierten ihn herzlich wenig, doch dieser erhob auf einmal die Stimme wie ein Diktator, der sein Volk gegen einen unsichtbaren Feind aufhetzen muss.

»Und deshalb kann ich nicht akzeptieren, dass sie uns den besten Thunfisch aus unserem Meer direkt vor der Nase wegfischen, und ich kann auch nicht akzeptieren, nur die zweitbeste Qualität zu essen! Stimmen Sie mir da so weit zu?«

Erschrocken über diesen Wutausbruch nickte Giuseppe Ribaudo zustimmend.

»Und wenn unsere Kunden, die in den Läden auf Sizilien oder dem Festland nach unserem Thunfisch suchen, erst einmal begriffen haben, dass er sich verändert hat, dass er nicht mehr der beste ist, sagen Sie mir, wie stehen wir dann da?«

Der Amministratore hätte ihn gern beruhigt, ihm gesagt, dass niemand ihm persönlich die Schuld daran geben würde und dass ihr Schicksal und ihr Ehrenkodex im Grunde niemanden groß interessierten, aber er hatte nicht das Herz, diese ebenso unerschütterliche wie sinnlose Treue zu beleidigen. Deshalb murmelte er nur ein paar nichtssagende Worte, zog sich in sein Büro zurück, wo er seine Papiere ordnete, und ging danach in die Bar, in der Absicht, sich wenigstens einige verstohlene Blicke auf Emanuele Campo zu gönnen.

Windböen trieben kleine Wirbel aus Staub und Sand vor sich her, der Favonio blies und bemächtigte sich wieder der Straßen, erbost darüber, dass er sie den Menschen zu lange überlassen hatte. Im vierten Stock der Villa Filangeri schreckte der Conte aus dem Schlaf hoch, es war mitten in der Nacht. Ihm war kalt. Er rührte sich nicht, um die wenige Wärme nicht zu verlieren, die er in der Embryohaltung angesammelt hatte, doch allmählich wurde sein Arm taub. Lange hielte er es nicht mehr so aus. Er machte Licht, stand auf, zog seinen Morgenmantel an und suchte sich ein Buch, das er auf die Kommode zu all den anderen gelegt hatte, die er noch nicht zu Ende gelesen hatte. Das Schlafzimmer war riesig, überladen mit Möbeln, Bildern, antiken und nutzlosen Gegenständen. Dort herrschte die gleiche sorgfältige Unordnung wie in der übrigen Villa, das Ergebnis einer Abfolge vieler Generationen und deren Hang zur Labilität, der allen gemein war; Menschen, die in einem Augenblick der Unaufmerksamkeit das weggeworfen hatten, was sie im Lauf eines Lebens angehäuft hatten, Menschen, die oft eine Rolle gespielt hatten, die ihnen auf den Leib geschneidert worden war, und die später die Maske mit dem Schauspieler verwechselten. Nun, so dachte der Conte, bot diese Bühne nur noch ihm und seiner Rolle als Verlierer Raum.

Er saß im Sessel, das ungeöffnete Buch in der Hand, und betrachtete das Porträt seines Urgroßvaters, das drohend über der

Kommode aus dem ausgehenden neunzehnten Jahrhundert hing. Es zeigte den großen Ignazio Filangeri, Conte von Katria, Levanto und Hiera, mit den Ehrentiteln »Cavaliere del Lavoro« und »Senator des Königreiches« ausgezeichnet, Schiffseigner, Philanthrop, Frauenheld und Liebhaber von Rennautos.

Ignazio war überaus hässlich gewesen. Wenn man das Bild betrachtete, konnte man erahnen, dass er versucht hatte, der hervorragenden Naturtreue des Porträtisten etwas entgegenzusetzen, indem er ihm seine beste Seite zeigte, aber vergebens. Massimiliano Filangeri sah ihn an, als wäre es das erste Mal, und dachte dabei, dass er ihm überhaupt nicht ähnelte.

Seine Ängste erreichten ihn aus einer dunklen, unklaren Dimension; die Kredithaie hatten den Druck auf ihn erhöht, die beabsichtigten Verkäufe würden Zeit erfordern, und vor allem hatte er keine Lira mehr, um wieder zu spielen. Doch was ihn mitten in der Nacht aus dem Schlaf schreckte und ihm die Tage vergällte, war auch die Scham darüber, dass er wegen seiner Pokerleidenschaft die Tonnara von Katria ruinierte und mit ihr das Leben der Menschen dort. Eigentlich war doch auch er Teil dieser Insel.

Ihn ergriff tiefes Selbstmitleid wegen seiner eigenen Unzulänglichkeit, weil diese riesige Villa nun irgendjemandem in die Hände fiel, der was auch immer damit machen würde. Eigentlich hätte er gar nicht so an dieser verdammten Insel hängen sollen, auf der seine Angehörigen einer nach dem anderen gestorben waren. Dieser Ort brachte Unglück.

Das begriff er nun und fand darin endlich den Grund für zu viele schlechte Karten, zu viele verlorene Pokerpartien.

Und da hörte er es.

Ein gedämpftes Geräusch auf den Stufen. Schritte kamen schnell hoch und verhallten in der Dunkelheit, Schritte von jemandem, der etwas schnell erledigen musste und sich nichts vorzuwerfen hatte. Der Conte war nicht überrascht; nicht zum ersten Mal kehrten die ruhelosen Geister seiner Vorfahren in diese Mauern zurück, um hier nach Erinnerungen und Antworten zu suchen. Er öffnete das Fenster und lauschte dem Wind, es schien ihm, als hörte er Stimmen, Raunen, vielleicht die Gespenster all jener, die vor ihm in diesen Räumen gelebt hatten, Räumen, die zu groß waren, um die Stimmungen, die Torheiten und das Elend aus ihnen nach draußen zu entlassen.

Rosalba Rollo, die in der Villa putzte und kochte, fand ihn am nächsten Morgen mit zerschmettertem Schädel auf den Fliesen im Hof. Die Ersten am Ort waren dann Dottor Basile, der nur noch den eingetretenen Tod feststellen konnte, und Don Cosimo, der die Leiche segnete und den diensthabenden Polizeibeamten im Präsidium informierte. Die italienische und die internationale Presse unterstellten ohne große Umschweife einen Selbstmord; es kam doch so oft vor, dass sich Menschen, die von Kredithaien gehetzt und von Schulden erdrückt wurden, aus dem Fenster stürzten, um ihrem Leben ein Ende zu setzen, besonders in so einer furchtbaren Nacht wie der gerade vergangenen.

1991

Grimmige Wellen donnerten gegen die massiven Felsblöcke im Hafen und warfen den Menschen etwas vor, was nicht greifbar war; es schien, als wartete das Land auf sie, als riefe es sie aus allen Winkeln der Welt herbei, damit sie an ihm zerschellten und starben, während es selbst unberührt in seiner granitenen Sicherheit überdauerte.

Während der Sturm die Scheiben und Fensterläden zum Erzittern brachte, starrte Nora Greco auf die hundert Jahre alten Majolika-Fliesen im Peppe Vino e Cucina, das sich nun La Muciara nannte und durch einen Hilfskoch und eine Kellnerin verstärkt worden war.

»Sind wir uns einig?«, fragte sie, und alle hatten den Eindruck, dass von dieser Frage nicht nur ihr eigenes Schicksal, sondern auch das des gesamten Universums abhing. Dem Klang ihrer Stimme, so tief, wie es ihre Stimmbänder hergaben, war anzuhören, dass dies die wichtigste Rede jemals und die zu treffende Entscheidung die schwierigste in ihrer aller Leben war. Es blieb keine Zeit mehr. Und es gab keinen anderen Plan. Stattdessen gab es jede Menge Unsicherheiten, und es tauchten immer mehr davon auf, als ob sie an dieser einsamen Insel einen Narren gefressen hätten.

Die Tonnaroti wirkten nachdenklich und ernst, sie hatten die Köpfe zwischen die Schultern gezogen wie Schildkröten, die noch unentschlossen waren, ob sie den Kopf aus dem Panzer strecken sollten. Nicola Valenti lächelte, niemand erinnerte sich, ihn je mit einem Lächeln im Gesicht gesehen zu haben; wen oder was er anlächelte, wusste man nicht, vielleicht die Menschen in seiner Umgebung, die er als Teil seiner selbst erkannte, vielleicht lächelte er auch wegen des Vorschlags, der sie alle retten könnte. Seite an Seite, wie Inseln eines Archipels, standen die Tonnaroti da, schließlich schauten sie einander an und fassten einen Entschluss.

»Ich kann eine Hypothek aufs Haus aufnehmen«, verkündete Saro Vitale.

»Ich habe ein bisschen was beiseitegelegt«, sagte Agatino Spanò.

»Ich kann das Stück Land in Trapani verkaufen, das bringt mir eh nichts ein«, erklärte Michele Santangelo.

»Für mich geht das klar, schauen wir mal, wie viel wir noch brauchen, ich kann auch eine Hypothek aufs Haus und aufs Boot aufnehmen«, überlegte Tommaso Martinez. Als alle ihre Zustimmung signalisiert und erklärt hatten, wie sie das Geld zusammenbekommen konnten, hob Nicola Valenti sein Glas zu einem Trinkspruch auf den Raìs, genau wie in jener Februarnacht, als sie geboren worden war.

Am nächsten Morgen brachen sie mit zwei Booten nach Levanto auf, in ihren besten Anzügen und mit einem Aktenordner voller Dokumente, den Giuseppe Ribaudo gegen die Brust gepresst trug. Eine leicht bewegte See brachte sie zu ihrer Nachbarinsel, wo sich diejenigen, die ihre Ankunft miterlebten, über ihre elegante Kleidung wunderten und über die ungewöhnliche Ausstrahlung, als wären sie nicht mehr die Tonnaroti von Katria, sondern Fremde, die für ein paar Stunden deren Aussehen angenommen hätten. Als die Leute erfuhren, dass sie zur Bank und zum Notar gegangen waren, um sich zu einer Genossenschaft zusammenzuschließen, begriffen sie, dass die Dinge sich nun endlich ändern mussten, um so zu bleiben, wie sie waren, so wie es jemand irgendwann einmal geschrieben hatte. Nach Jahrhunderten würde die Tonnara von Katria nicht mehr im Besitz der Filangeri sein, sondern all denen gehören, die die Netze im Meer auslegten. Der nicht gerade originelle Name, den sie für die Genossenschaft gewählt hatten, war »La Mattanza«, das Startkapital wurde aus den Ersparnissen von allen aufgebracht und über Hypotheken auf Häuser, Boote und ein paar Stücke Land abgesichert, die schon seit Generationen in Familienbesitz waren, aber bislang keinen oder wenig Gewinn abgeworfen hatten.

Nora und Matteo investierten alles, was sie hatten. In früheren Jahren hatten sie etwas zur Seite legen können, da das Haus, in dem sie wohnten, ihnen gehörte und sie keine Kinder hatten, für die sie sorgen mussten – denn der so ersehnte Nachfolger des Raìs von Katria ließ auf sich warten.

Die einzige Erbin von Massimiliano Filangeri war eine entfernte Cousine in Großbritannien, sechsundvierzig Jahre alt, mit einem Pferdegesicht und unverrückbaren Gewohnheiten; sie lebte in Polperro in Cornwall an einem aschgrauen Meer, das so anders war als das von Katria, als bestünden nicht beide aus Wasser und Salz. Sie hatte manchmal bei Familientreffen von dieser fernen Insel gehört, war aber noch nie dort gewesen und hatte auch nicht vor, dorthin zu reisen, da sie zum einen gegen tausend Dinge allergisch war und zum anderen unsäglich träge. Das unerwartete Erbe entpuppte sich eher als Klotz am Bein, und Miss

Emily Collins verbrachte einen ganzen Abend damit, darüber nachzugrübeln, wie sie damit umgehen sollte, ohne jedoch zu einem Ergebnis zu kommen; es schlug ihr so auf den Magen, dass die Verdauung des Lammbratens mit Kartoffeln durcheinanderkam, den sie jeden Donnerstagabend verspeiste. Daher war sie sehr erleichtert, als sie am nächsten Morgen im Briefkasten Amministratore Giuseppe Ribaudos Schreiben fand, handschriftlich verfasst auf cremefarbenem Papier und in einem durchaus gepflegten Standardenglisch, das die nostalgisch veranlagte Miss Collins sehr zu schätzen wusste.

Dass eine Genossenschaft die Tonnara und die Fischfabrik übernehmen wollte, ersparte ihr einiges Kopfzerbrechen, und daher akzeptierte sie das Angebot sofort, ohne über den Preis und die Bedingungen zu verhandeln; und ohne weitere Gedanken an die Welt da draußen zu verschwenden, wandte sie sich wieder ihrem *Cream Tea* zu, den sie mit Ausblick auf das von Segelbooten und weißen Gischtkronen überzogene Meer von Polperro genoss. Sie bedauerte nur, dass diese Menschen nicht auch auf die Idee gekommen waren, nach der Villa mit all dem darin enthaltenen unnötigen Krempel zu fragen, der demnächst den Motten zum Opfer fallen würde, weil sie selbst nichts damit anzufangen wusste. Nach Katria sollte sie niemals in ihrem Leben reisen.

Nora bleibt ein Rätsel, auch jetzt, da sie vor Kirche und Gesetz durch dünne Ringe aus Weißgold und das ununterbrochene Teilen ihrer Tage und Nächte vereint sind.

Matteo liegt auf dem Bett. Er stützt sich auf einem Arm ab und schaut ihr beim Schlafen zu, betrachtet die auf dem Kissen ausgebreiteten Haare, die langen Wimpern, die Schatten auf die Wangen werfen, und ist sich nicht mehr so sicher, ob ihm diese nie zu überbrückende Distanz missfällt, wegen der er sie jeden Tag wie eine Beute neu erobern, jeden Abend wie eine Festung belagern muss. Er liebt ihre beiden verschiedenfarbigen Pech-und-Honig-Augen, die so abwesend wirken, wenn sie mit dem Wind zu sprechen scheint, so tief versunken, wenn sie dem Meer antwortet. Ihr Brustkorb hebt und senkt sich im Rhythmus eines Traums, den er nicht erahnen kann. Sie bewegt sich. Eine fließende, kurze Bewegung. Sie schläft weiter, und er schaut ihr dabei zu.

Nora hat die Tonnara gerettet, so wie es seit jeher geschrieben stand. Und wenn sie einmal nicht selbst Hand anlegte, tat es immer jemand für sie, indem er einen ihrer vielleicht sogar unbewussten oder bereits vergessenen Befehle ausführte. Ein Blick von ihr genügte, ein nervöses Zucken der Hände, ein beiläufig fallen gelassenes Wort, das jemand anders dann vernahm, um Katria zu retten, das von den Ozeanen verschlungen und sogar von Gottvater im Himmel verleugnet würde, falls es keine Mattanza mehr gäbe, falls die Balate unter den Schlachthaken trockneten. Sie ist ein unschuldiger Dämon, ein schuldbeladener Engel, Nora, *mein Leben, mein Blut, mein Atem, mein Herz*, der jetzt die Augen öffnet und sagt *ich hab geträumt, oh, was für ein Traum, mein Schatz, die Filangeri haben mich alle vier im Baglio erwartet, um die Mattanza zu feiern; das ist kein Traum, Nora, sondern eine Erinnerung, alle Filangeri sind einer nach dem anderen wie durch einen Fluch gestorben, solche Dinge können eben passieren*, sagt Matteo, aber seine Augen sagen etwas anderes, und Nora steht auf einmal am Rande eines Abgrunds. Vor ihr geht es in die Tiefe, und sie will nicht dort hinunterblicken. *Ich koche einen Kaffee*, sagt Matteo, und die Banalität der Worte, der Trost, den sie vorwegnehmen, verhindern, dass sie nach unten stürzt.

Der Winter verging, und alle fieberten der ersten Tonnara der Genossenschaft »La Mattanza« entgegen wie einer Geburt oder einer Taufe. Berechnungen, wie man die Schulden zurückzahlen konnte, und Überlegungen zur Modernisierung der Fischfabrik wurden angestellt. Man fragte sich, ob man in neue Netze oder beim Öl für die Konserven in eine höhere Qualität investieren sollte, und überall wurden Pläne geschmiedet, man befragte sich selbst und andere und diskutierte ständig. Trotz oder gerade wegen seiner Strenge war es ein wunderschöner, unschuldiger Winter. Wie alle Orte, die erdacht wurden, um das Schicksal zu täuschen, überließ sich Katria den Launen des Wetters, das die Insel fest im Griff hatte, mal blies es ihr seinen Atem in den Nacken, mal bohrte es seine Krallen tief in sie, dann wieder streichelte es sie zärtlich. Die Piazza, der Campanile der Kirche, die Boote an der Mole brachten dem Wind und dem Regen eine Ergebenheit entgegen, die Resignation gleichkam.

Die Stunden zwischen Tag und Nacht, in denen der Verstand sich leicht auf Abwegen verirrt, verbrachte Nora bei Francesca. Ohne Touristen und ohne ihren wunderbaren Krimskrams wurde der kleine Laden wieder zum ganz gewöhnlichen Erdgeschoss eines himmelblau gestrichenen Hauses, in dem Francesca sich Dinge ausdachte und Materialien aller Art zuschnitt, zusammennähte und verflocht, um daraus etwas Neues, etwas Überraschendes entstehen zu lassen. Mit geradezu unheimlicher Geschicklichkeit half Nora ihr dabei, Puppen aus Seilen und Schlüsselanhänger aus alten Schwimmern zu fertigen, die perfekt geformt aus ihren Händen kamen.

»Mach es nicht zu perfekt, Nora, sonst glaubt kein Mensch, dass es Handarbeit ist. Übermäßiger Einsatz ist der Vollkommenheit abträglich«, ermahnte Francesca sie und wusste doch, dass ihre Freundin gar nicht anders konnte. Nora klebte Muscheln, nähte Stoffreste zusammen, flocht Schnüre und lauschte Legenden, Geschichten von Göttern und zwischen den Wassern und Felsen hausenden Seeungeheuern, die Francesca erzählte, um die Zeit zu vertreiben, die sich zwischen den Gassen, den Felsblöcken des Hafens, der Tür des ehemaligen Ladens und dem Arbeitstisch verfangen hatte.

Es war die Zeit der Winterruhe, in der das Dorf Kraft schöpfte dank der schicksalsgegebenen Erdumdrehung und der dadurch bedingten Monate voll Kälte und Dunkelheit. Es war die Zeit der Träume und der Erinnerungen, der Einkehr und der Untätigkeit, ehe der Sommer wieder mit Macht kam. Im Dorf nutzte man die Ruhepause, um unerledigte Dinge zu Ende zu bringen, um Entscheidungen zu treffen, um auf die Welt zu kommen oder sie zu verlassen.

Donna Vincenza starb im Dezember, während sie Linsen für das Mittagessen verlas, Daniele dei Muli bestieg im Januar eine Fähre und kam nicht mehr zurück, im Februar führten Gero Alcamisi und Lorenzo Matalotto die vom Amt für Denkmalschutz geschickten Taucher an die Stelle, an der sie das Wrack gesichtet hatten, das daraufhin Stück für Stück an die Oberfläche gebracht und im Meeresmuseum wieder zusammengesetzt wurde, wo Lehrer Pennisi vor Freude darüber in Tränen ausbrach. Auch in diesem Winter weigerte sich Don Tanino dei Tonni zu sterben und sagte stattdessen Sturm oder Flaute vorher, je nachdem, wie seine Knochen knackten.

Nora spürte, wie auch sie zusammen mit den Geschöpfen des Meeres, der Berge und des Himmels mit Körper und Geist auf den uralten Wechsel zwischen Licht und Dunkel reagierte. Zusammen mit Matteo tauchte sie tief in diesen wichtigen, geheimnisvollen Winter ein und genoss ihn wie keinen davor, als ob sie schon wüsste, dass er der letzte glückliche war.

Die Sonne verdunkelt sich schlagartig, während Nora mit einem unangenehmen Gedanken kämpft. Ein gieriger Schlund hat sich im Meer aufgetan und verschlingt Männer, Thunfische, Blut, Schweiß und Haken. Nora betrachtet die vierzig Fischer vor sich, die gerade die Mattanza beendet haben. Keiner sagt ein Wort, die Hände umklammern noch die Gaffhaken, die Bestürzung steht ihnen ins Gesicht geschrieben. Das ist nicht möglich. Das ist nur ein Irrtum, etwas, das nicht zu ihrer Geschichte gehören kann.

Nur dreiundzwanzig Thunfische.

Man kann den fliegenden Tonnaras, dem Schweröl und dem Lärm der übermäßig vielen Touristenboote die Schuld geben, aber das hilft nicht, die Katastrophe zu verhindern.

Raìs in ihrer Öljacke steht aufrecht in der Muciara und stellt sich dem Desaster. Sie ist bleich, erstarrt, entsetzlich allein.

Nur dreiundzwanzig Thunfische. Sie hat gehört, wie rund um ihre Welt hundert andere Dinge geschehen sind, die der Auslöser für so etwas sein konnten, und dies ist wiederum der nie bewiesene Grund für hundert andere Dinge. Sie hat die perfekte und unergründliche Synchronizität der Ereignisse gespürt, an denen auch sie beteiligt ist, Filter und Katalysator, Priesterin und Opfer, Königin und Dienerin einer Welt, die ihr nun nur dreiundzwanzig Thunfische hinterlassen hat und Schulden, die niemand bezahlen kann.

»Es sind neue Zeiten angebrochen«, verkündet Don Tanino bei ihrer Rückkehr. Erst nach ein paar Tagen begreifen alle, dass er sich nicht nur auf den Fischfang bezieht.

Vom Deck seines heruntergekommenen Fischerboots sah Michele Santangelo das Floß wie eine Erscheinung aus der Hölle vor sich auftauchen. Es war in der Mitte durchgebrochen, und Köpfe, Hände, Schultern ragten aus dem Wasser. Die Verzweifelten, die sich an die Trümmer klammerten, kamen ihm vor wie Geister, erschaffen von den Wellen dieses unversöhnlichen Meeres, und kurz dachte er, sie seien eine Luftspiegelung. Erst, als einer der Schiffbrüchigen sich mit einem Arm bemerkbar machte, riss sich Michele Santangelo aus seiner Erstarrung, warf zwei Rettungsringe, die Leiter und ein Tauende ins Meer und kehrte mit den zwölf Überlebenden einer Unternehmung zurück, die das Fernsehen am nächsten Tag als einen verzweifelten Versuch bezeichnete, dem Krieg und dem Elend zu entkommen, und dazu Bilder von Hubschraubern auf der inzwischen vergeblichen Suche nach anderen Überlebenden zeigte.

Am Tag darauf kamen weitere sechsundvierzig, und drei Tage später brachte ein marodes Schiff nochmals neunundsiebzig Schiffbrüchige an Land. Mit ihnen kehrten die Küstenwache, die Carabinieri und das Rote Kreuz zurück, und in deren Schlepptau Marine, Caritas und Journalisten von Fernsehen, Presse und Rundfunk, und jeder begriff, dass sie dieses Mal alle bleiben würden. Die Ordnungskräfte okkupierten den Stenditore, jene große, kahle Fläche, die so hieß, weil man auf ihr seit Urzeiten die Fischernetze zum Trocknen ausbreitete, umzäunten sie mit Stacheldraht, stellten Zelte darin auf und erklärten sie zum Erstaufnahmezentrum. Den Dorfbewohnern gefiel das nicht, zum einen hatte sie niemand gefragt, zum anderen kamen ihnen die Zelte ungeeignet vor. Zum Kommandanten der Küstenwache gingen diesmal Peppe und seine Frau, Don Cosimo, Provvidenza Lo Cascio und Lehrer Pennisi. Sie boten Schlafplätze für diejenigen an, die sie brauchten, da sie in ihren Häusern etwas Platz hatten und diese immerhin aus Ziegelsteinen waren, man schickte sie jedoch höflich, aber bestimmt und mit vagen Ermahnungen fort.

Wie alle anderen lebte Nora ihr Leben weiter, bemühte sich, die beruhigende Alltagsroutine beizubehalten, und wartete darauf, dass sich etwas Entscheidendes tat. Die Ankunft dieser Menschen auf der Suche nach etwas, das es hier nicht gab, war so eine Sache, die man entweder sofort angehen oder in einen der hinteren Winkel des Kopfs als eines von vielen zu lösenden Problemen verbannen musste, wenn man vermeiden wollte, sich sofort mit der eigenen Ohnmacht abzufinden. Der Grund für diesen Exodus war den meisten unbekannt, sie konnten sich keine Hölle vorstellen, die schlimmer wäre als eine Reise ohne Trinkwasser, ohne Nahrung und ohne Schatten von den Wüsten Afrikas bis zum erstbesten Stückchen Fels, das man als Europa bezeichnen konnte, der aber stattdessen Katria hieß.

Der Duft, der in der Luft lag, der Zauber dieser majestätischen Landschaft und der strahlenden Farben katapultierten die Neuankömmlinge in eine unwirkliche Atmosphäre, als ob dies hier das Paradies wäre, das sie sich nach Tagen voller Durst und Angst verdient hätten, zu dem ihnen jedoch der Zutritt verwehrt war. Sie brauchten nicht lange, um zu begreifen, dass es auf Katria nichts anderes zu tun gab, als zu warten, während Männer in Uniformen sie lustlos bewachten und Heerscharen von Möwen über ihnen kreischten, um sie vor etwas zu warnen, das unglücklicherweise niemand verstand.

In dieser Zeit begann Don Tanino, Sprichwörter und Maximen zu verkünden, die nichts mit den tatsächlichen Ereignissen zu tun hatten, und verwirrte damit die Einwohner des Dorfes. Die Jahre, die er mit seinen Fäusten umklammerte, fraßen ihn allmählich bei lebendigem Leib auf, aber noch hielt er durch. Er klopfte seinen Stock mit königlicher Geste auf den Boden, räusperte sich mit einem schleimbegleiteten Geräusch und gab dann einen weiteren seiner denkwürdigen Sätze von sich. Schade nur, dass niemand ihm wirklich zuhörte.

Nora empfand diese ständigen Anlandungen als Provokation,

so wie die Ankunft der Touristen, die bereits alle verfügbaren Übernachtungsmöglichkeiten für die Ferien auf der Insel gebucht hatten. Es waren überwiegend junge Paare oder einzelne Rucksacktouristen, die die abweisende wie betörende Schönheit von Katria entdecken wollten und den Familien oder weniger Abenteuerlustigen die zugänglicheren Strände von Hiera oder Levanto überließen. Nora hatte das Gefühl, man risse ihr die Insel unter den Füßen weg, als würde man ihr das Wetter, die Farben, den Platz und sogar das Anrecht auf Wut und Trauer nehmen, weil ihre Trauer das Elend der Flüchtlinge nicht mildern konnte und ihre Wut gegenüber der ekstatischen Begeisterung der Urlauber übertrieben war.

Als sie nur wenige Meter voneinander entfernt ein Boot aus morschem Holz und eine dreißig Meter lange Jacht entdeckte, die beide an der Mole festgemacht hatten, kam sie sich vor wie das Opfer eines kolossalen Scherzes. Sie war nicht die Einzige, die dieses auffallende Paradoxon bemerkte: Ein Foto von der Jacht und dem Flüchtlingsboot Seite an Seite, das ein Reporter aus Rom geschossen hatte, machte in ganz Europa die Runde und brachte den Namen dieser winzigen Insel in aller Munde, einer Insel, die bislang nur wenige kannten, ein Vorposten zwischen zwei Welten, der sich dieser Funktion plötzlich bewusst wurde und unvorbereitet zu seinem Rendezvous mit der Geschichte kam, die auch in diesem Fall tückisch und grausam war.

Ein Schatten auf einem Foto. Die Silhouette eines dürren jungen Mannes im Hintergrund. Man kann sein Gesicht nicht erkennen, aber man spürt, dass es ein sanfter Mensch ist, der mit Sicherheit niemanden stört, flüchtig wie eine Geistererscheinung. Er kaschiert seine Magerkeit mit einem zwei Nummern zu großen T-Shirt, auf dem *Ristorante La Muciara* steht, was man auf dem Foto allerdings gar nicht lesen kann. Die verspannten Schultern, die geballten Fäuste zeugen von einer verzweifelten Entschlossenheit.

»Villa Filangeri«, sagt Lorenzo zu Nora und bemerkt nicht, dass ihn der Journalist aus Rom dabei aus der Ferne fotografiert, ohne zu wissen, dass dieses Foto das bedeutendste seiner Laufbahn sein und ihm viele Preise einbringen wird.

»Was?«, fragt Nora, obwohl sie bereits begriffen hat.

»Villa Filangeri. Sie steht leer, da gibt es Möbel, Bäder und Toiletten, Handtücher, Schränke voll mit Kleidung, sechs Schlafzimmer, zwei Küchen, Geschirr, Gläser, Tischtücher«, zählt er an den Fingern auf.

»Ich habe sie mir angesehen«, fügt er hinzu, als müsse er sie überzeugen, und zeigt auf die große sandfarbene Villa, einen der markanten Eckpunkte von Katria.

»Ich hab's ihm gesagt. Ich habe es einem Carabiniere gesagt. Da ist es bequemer, habe ich ihm gesagt, bequemer als auf dem Stenditore. Da passen viele Menschen rein.«

»Und was hat er dir geantwortet?«

»Dass es eine gute Idee ist.«

»Ja, stimmt, das ist wirklich eine gute Idee.«

»Ich habe geträumt, dass ich und Gero und du und das ganze Dorf ebenfalls auf einem Boot irgendwo auf dem Meer waren und nicht wussten, wohin wir fahren sollen, und dass niemand kam, um uns zu retten.«

»Sehr anders können wir uns unsere Zukunft auch nicht vorstellen«, sagt Nora, ohne zu begreifen, warum sie so mit ihm redet, anstatt ihn in seinen Sorgen zu trösten, wie sie es normalerweise tut.

»Ich fahr bald wieder raus. Ich fahr mit Gero, es ist Zeit.«

Nora antwortet nicht. Alle wissen, dass Lorenzo, seit er den

Toten aus dem Meer gefischt hat, seinen Seelenfrieden eingebüßt hat. Ihm steht immer das abgefressene Gesicht des Ertrunkenen vor Augen, und er ist überzeugt, dass dieser ihm etwas sagen, ihm einen Vorwurf machen oder eine Aufgabe anvertrauen möchte. Um den Tod auszutreiben, der sich seine Netze ausgesucht hat, bittet Lorenzo jeden Tag Gero Alcamisi, so weit wie möglich hinauszufahren, um zur Stelle zu sein, falls jemand gerettet werden muss. Es ist die einzige Möglichkeit, dass er wieder Frieden findet, und Gero verweigert sich nicht.

Nora betrachtet mit ernster Miene den Horizont.

»Ihr könnt heute nicht raus, Lorenzo.«

An jenem Tag bot Katria alles auf, um sich so unwirtlich und wild wie möglich zu zeigen. Es schien, als wehrte sich das Meer selbst gegen die unermessliche Gewalt, über die es gegen seinen Willen verfügte, und als wollte es das Land daran teilhaben lassen, das die See zu verhöhnen schien, indem es sanft und reglos abwartend dalag. Für einen Moment arrangierte sich alles so wie auf dem Bild eines begnadeten Fotografen: der schwarze Himmel, das wütende, aufschäumende Meer, die bedrohliche Silhouette der Burg, die sich gegen Wolken abzeichnete, die jeden Moment aufplatzen wollten. Und dann hörte man einen Donnerschlag, ein erbarmungsloses Unwetter brach über die Insel herein und umhüllte sie mit den unerklärlichen Dingen dieses Universums; das Boot, das Nora am Horizont schwanken sah und in dem sich wieder verzweifelte Menschen drängten, war eines davon.

2000

1993 … 77, 1994 … 74, 1995 … 75«, las der Journalist aus seinen Notizen ab. Derselbe, dem einige Jahre zuvor das Glückstrefferfoto von der Jacht und dem Flüchtlingsboot gelungen war, auf dem er im Hintergrund noch die verschwommene Silhouette von Lorenzo Matalotto eingefangen hatte. Inzwischen war er auf Katria heimisch geworden. Ungefähr jeden zweiten Tag sah man sein rundes, bärtiges Gesicht in den Nachrichten, während hinter ihm die Flüchtlinge des Tages, unterstützt von Soldaten und ehrenamtlichen Helfern mit ausgestreckten Händen und medizinischen Masken, auf der Mole an Land gingen.

Nora fielen die Schmutzflecken auf seinen schrecklichen beigen Bermudashorts auf, und sie bemerkte, wie nachlässig er den inzwischen ergrauten Bart mit der Schere zurechtgestutzt hatte. Offensichtlich war der Journalist zu beschäftigt, um auf solche Details zu achten: Er musste schließlich als Erster an die neuesten Nachrichten kommen, noch vor seinen Kollegen, die ebenfalls auf der Insel umherhetzten auf der Jagd nach etwas, das die Gemüter noch bewegen konnte, aber man hatte doch schon alles gesehen und gehört, und das ließ sich nicht mehr überbieten. Man hatte Unterwasseraufnahmen von den dreihundert Toten aus dem letzten Monat gemacht, einige hatten sich zwischen den unterseeischen Klippen verfangen, andere steckten in den Rümpfen der Wracks fest. Man hatte die Gesichter gefilmt und die Stimmen Tausender verzweifelter Menschen aufgenommen, die hier an Land gekommen waren, nur um eine andere Hölle vorzufinden, man hatte ihre Geschichten im Fernsehen, in der Presse und im Internet erzählt; es gab keine Schreckensmeldung mehr, nach der man auf die Jagd gehen konnte, nichts, was die Menschheit ein weiteres Mal oder noch stärker berühren konnte. Vielleicht war er deshalb so an ihrer Geschichte interessiert, dachte Nora. Vielleicht war das die Story der Woche, mal eine andere Nachricht von der Außengrenze Europas.

»Das sind also die Thunfische, die hier bis 1995 gefangen wurden?«, fragte der Journalist teilnahmsvoll. Nora wurde wütend, sie hätte Gleichgültigkeit diesem mitleidstriefenden Tonfall vorgezogen. Niemand von ihnen konnte an diesem Tag Mitleid ertragen, dem Tag, an dem sie endgültig aufgaben.

»1996 … 240, 1997 … 250, 1998 … 75 und 1999 … 74«, beendete der Journalist seine Aufzählung, und es klang, als würde er Gefallene von Kriegen, nie beglichene Schulden oder abzubüßende Sünden auflisten.

»Und diese Zahlen stimmen?« Matteo nickte. Keiner der Tonnaroti sagte etwas. Sie hatten sich auf der Mole versammelt, einige saßen auf den Pollern, andere in ihren Booten, als warteten sie nur darauf hinauszufahren. Der Journalist suchte, während Nora, die Augen aufs Meer gerichtet, überlegte, welche Route ihr Leben nun nehmen könnte, wenn sie nicht für immer an die Insel gebunden wäre.

Ihnen war nichts mehr geblieben, und es hatte einen zu hohen Preis gekostet. Jemand hatte sie betrogen. Vielleicht waren es die Götter, die dieser Gestade müde geworden waren und ihnen den Rücken kehrten, um andernorts das neue Jahrtausend zu beginnen, ein Datum, das zweifellos mit einer großen Geste gefeiert werden musste. Vielleicht war es auch die Weltgeschichte, die sie enterbt hatte, genau wie jene, die pausenlos und außer Atem hier ankamen, im Gepäck ihre Toten, ihre Kriege, ihren Hunger, die dadurch zu den Toten, den Kriegen, dem Hunger aller wurden; auch von jenen, die wirklich nichts damit zu schaffen hatten und nur Thunfische in ihren Netzen aus dem Meer holen wollten und keine Leichen.

»Inzwischen sehen wir die Thunfische nur noch aus der Ferne, wenn sie auf offener See aus dem Wasser springen«, sagte Nicola Valenti, der damit endlich das Interview begann.

»Wenn sie hier vorüberzogen, in diesem Teil des Meeres, haben sie immer den Weg in unsere Netze gefunden, aber das wird nie mehr so sein. Vor Jahren haben wir eine Genossenschaft gegründet, ›La Mattanza‹ haben wir sie genannt. Wir haben bei der Bank Kredite aufgenommen, unsere Häuser mit Hypotheken beliehen, und wer welches besaß, hat sogar sein Land verkauft, damit die Tonnara weiterbestehen konnte, aber jetzt ist es trotzdem mit ihr zu Ende.«

Nora brauchte eine Weile, bis sie die in jenen Worten versteckte Verdammung bemerkte, und realisierte, dass auch das letzte Stück ihrer Welt sich gerade auflöste. Sie schaute zu Matteo hinüber und entdeckte in seinen Augen die gleiche Hoffnungslosigkeit. Dann fiel ihr Blick auf die Hände des alten Nicola Valenti, riesige Hände, die Netze flicken und dabei die Haken so geschickt einfädeln konnten wie eine Stickerin, Hände, die zentnerschwere Thunfische aufgespießt und ins Boot gehievt hatten. Als kleines Mädchen hatte sie ihn verstohlen dabei beobachtet, während sich in seinem Blick die gleiche traurige Überraschung zeigte wie bei seinen Opfern und sein Atem dem Rhythmus ihres Nach-Luft-Schnappens folgte, eine Verschmelzung, die jede Distanz aufhob, weil Schmerz und Freude immer gleich sind, egal, ob man als Sieger oder als Besiegter, als Mensch oder Tier geboren wird.

»Sehen Sie die Anker dort?«, fuhr Saro Vitale fort. »Die wurden für hundert Tage im Jahr im Meer ausgeworfen, um die Netze zu halten, und jetzt werden sie hier draußen verrosten. Oder vielleicht stellen wir sie ins Museum.«

Niemand, nicht einmal er selbst, lachte über seine witzig gemeinte Bemerkung. Saro Vitale war immer ein Mann gewesen, der Dinge auf den Punkt brachte, gesellig, wenn es ihm gefiel, ein Mann, der wenigen einfachen Regeln folgte und zufrieden war mit dem Wenigen, das er hatte und das ihm jetzt aus den Händen glitt. Nora erinnerte sich, dass er ihr die schönsten Cialome beigebracht hatte und wie man die Bilder der Heiligen nicht zu früh im Meer versenkte, damit man den Himmel nicht gegen sich aufbrachte.

»Die Thunfischschwärme ziehen nicht mehr hier vorbei. Die wenigen, die noch kommen, fangen die fliegenden Tonnaras auf hoher See weg, schreiben Sie das, bitte schreiben Sie das!«, sagte Agatino Spanò, der nicht wusste, ob er wütend sein oder resignieren sollte. Über die vielen Jahre hinweg hatte das Meer ganze Landkarten und Zeichnungen in sein Gesicht eingegraben, die natürliche Färbung seiner Haut in einen Lederfarbton gegerbt und das Blond seiner Haare zu einem unnatürlichen Weiß ausgeblichen.

Der Wind trug das Glockenläuten der Chiesa Madre zu ihnen und das Echo einer Unterhaltung von Leuten, die nicht weit von ihnen vorüberliefen.

»Für die Boote, die aus Afrika kommen, sind wir die erste Anlegemöglichkeit. Die anderen Inseln haben noch Touristen, aber hier zu uns kommt niemand mehr. Würden Sie gern an einen Ort in den Urlaub fahren, wo Tausende verzweifelte Menschen hinter

Stacheldraht eingesperrt sind? Hier gibt es keine Kultursommer mehr mit Freiluftkonzerten und Miss-Wahlen, und wir bekommen nicht einmal mehr Beihilfen von der Gemeinde. Die haben wir in den ersten Jahren für die Tonnara bekommen, und sie haben nie gereicht. Dann hat man sie uns gestrichen, weil wir nicht mehr genug Fische fingen und Verluste machten«, ergänzte Michele Santangelo.

»Wir fordern doch nur, dass die Regionalregierung uns hilft, damit wir unsere Häuser und unsere Boote nicht verlieren, die wir als Sicherheiten eingesetzt haben. Bitte schreiben Sie das«, schloss Tommaso Martinez in leicht pathetischem Tonfall, als hätte er ein Publikum aus Politikern und Bankleuten vor sich. Danach sagte niemand mehr etwas. Alle spürten, dass sich gerade in diesem Moment ihre ganze Kraft erschöpfte, während die Möwen über ihnen kreischten und die Zwei-Uhr-Fähre einlief, wenigstens diese versah weiter ihren Dienst.

Am folgenden Tag trafen der Innenminister, der Minister für Integration und der Präsident der Region ein, aber das erregte nicht viel Aufmerksamkeit, denn nach Katria waren schon vier Ministerpräsidenten, ein Präsident des Europäischen Parlaments, ein Sekretär der Vereinten Nationen und zwei Päpste gekommen. Sie besuchten die Insel, um sich selbst ein Bild von der Situation zu machen, persönliche Eindrücke zu sammeln, sich der Notlage zu stellen, Lösungen zu koordinieren und das Holz der Flüchtlingsboote zu segnen, aus dem die ehrenamtlichen Helfer der verschiedenen Organisationen kleine polierte Kreuze fertigten, die man sich um den Hals hängen konnte, um so an die Ertrunkenen zu erinnern.

Der Bürgermeister kam von Levanto herüber, um die Besucher zu empfangen, aber die Fragen der immer gleichen Journalisten beantworteten Michele Santangelo und Dottor Basile, die die Bewohner von Katria zu ihren Sprechern gewählt hatten. Sie sagten dasselbe wie immer, und da es nichts Neues gab, schnitten die Journalisten die Interviews zunächst nur und speicherten sie auf ihren Computern, um damit später Lücken zwischen zwei Sensationsnachrichten zu stopfen. Der Tonnaroto und der Arzt wiederholten, dass für die Insel die Schule, die medizinische Versorgung und die Kontrolle der Fanglizenzen vorrangig blieben, aber wenn man schon unbedingt über die Notlage der Flüchtlinge sprechen musste, sollte man nicht von einem Notfall sprechen, denn ein Notfall wäre etwas Kurzzeitiges, und diese Sache war endemisch, die Apokalypse. Sie sagten, Katria habe nicht ausreichend Ressourcen für sich selbst, was Schule, medizinische Versorgung, Land und Arbeit betraf, man habe nur das Meer und nun nicht einmal mehr das. Die Außengrenze Europas nach Katria zu verlegen sei nicht ihre Idee gewesen, und dies sei gar keine Grenze, sondern ein Tor, das vom Wind und von den Wellen niedergerissen worden wäre. Sie sagten, dass sie nun zwar im Mittelpunkt der Aufmerksamkeit stünden, dass inzwischen der Name der Insel überall bekannt sei, aber dass sie selbst mehr als vorher am Rand lebten.

»Die Minister kommen her, um Hände zu schütteln und Erklärungen abzugeben, aber sie sichern uns nicht einmal eine ordentliche Fähre zu, die uns auch bei schwerer See mit Vorräten versorgt. Solange weiter Flüchtlinge anlanden, brauchen wir Pritschen für die Lebenden und Särge für die Toten, keine hehren Worte. Und wenn ihr uns noch mal eine goldene Plakette überreichen wollt, werden wir sie ablehnen«, schloss Dottor Basile, obwohl er wusste, dass niemand hören würde, was er sagte. Das sah er dem Gesicht des Reporters vom staatlichen Fernsehen an, der in Gedanken schon bei emotionaleren Bildern war und mit seinem Team sofort zum Strand von Cala Nica weiterzog, um die dreihundertfünfundsechzig Grablichter und Bäumchen zu filmen, die man dort aufgestellt und gepflanzt hatte und sogar vom Meer aus sehen konnte, eines für jeden der Toten von dem letzten Schiffbruch, eines für jeden Tag des Jahres.

Dutzende junger Männer in bunten T-Shirts und Gummisandalen, mit Spuren von Salz und Wind auf ihrer dunklen Haut, liefen nervös die in der Sonne liegende Mole auf und ab, ohne irgendeine Beschäftigung, und das über Tage, Wochen, Monate. Nora kannte ihre Geschichten, sie überlagerten sich in ihrem Kopf, drängend und alle ähnlich, aber obwohl alle das gleiche Schicksal teilten, erschienen die traurigen Erlebnisse jedes Einzelnen einzigartig. Wer den Mut hatte, darüber zu sprechen, fand immer jemanden, der dies aufnahm, aufschrieb, ins Netz stellte oder, wenn es sich um etwas besonders Tragisches handelte, kurz für die Nachrichtensendungen im Fernsehen zusammenfasste. Dadurch erhielten sie ihre Individualität zurück, ein kostbares Gut, denn wenn man die Menschen auf den Booten, auf der Mole, im Lager sah, schienen sie alle gleich zu sein, ununterscheidbar wie die Verdammten einer neuen Hölle, wenn auch die Sünde noch nicht erfunden war, für die man dort büßen musste.

Im Lager, das für sechshundert Personen ausgelegt war, waren zweitausend zusammengepfercht, Flüchtlinge vor in Vergessenheit geratenen Kriegen, vor Dürren und Missernten, geschlagen mit Hunger und Armut und von maltesischen Schiffen vor der Küste zurückgelassen. Es waren Asylsuchende darunter, die vergeblich warteten, da sie im ersten als sicher eingestuften Land Asyl hätten beantragen müssen, das in ihrem Fall eine islamistische Diktatur sein mochte, eine labile Republik im Würgegriff eines Bürgerkrieges oder ein Transitland, das sie nicht als weiteren Vorposten Europas erkannt hatten. Außerdem Überlebende der letzten drei gekenterten Boote, Bauern ohne Land, Ingenieure ohne Aufträge, gewöhnliche Kriminelle, vergessene und arbeitslose Olympiasieger, denen nichts Besseres eingefallen war, als sich in diese Schlange von Kandidaten für die Hölle einzureihen, und die nun dachten, dass es sich im Grunde nicht gelohnt hatte.

Nora kam jeden Tag am Lager vorbei, sie lief die Umzäunung entlang, tauschte einen beiläufigen Gruß mit dieser Parallelwelt. Sie roch den Gestank der verstopften Toiletten, musterte die dünnen Isomatten, die sich bei Regen mit Wasser vollsogen und bei schönem Wetter von der Sonne aufgeheizt wurden, denn unter dem Schutzdach fanden nicht alle Platz. Sie spürte die Langeweile der dort Eingesperrten, endlos, zäh und schwer, die drohte, sich demnächst Bahn zu brechen und dann mehr Schäden anzurichten als die Ungewissheit und die Angst zusammen, diese Langeweile, die einen umbringt und macht, dass man sich so überflüssig vorkommt, als habe einen sogar das Unglück vergessen. Sie war auch an jenem Tag dort beim Lager gewesen, als einige Männer versucht hatten zu fliehen und die Polizei sie eingefangen und verprügelt hatte. Sie hatte auf der Piazza gestanden, als sie von dem Brand hörte, den die Syrer im Lager gelegt hatten, um so gegen ihre bevorstehende Ausweisung zu protestieren. Mit den anderen war sie dorthin gelaufen, um zu sehen, was man tun konnte und ob sich die Flammen durch den Wind ausbreiten würden. Dass es auf Katria Menschenrechtsverletzungen gab, las sie in der Zeitung und sah es im Fernsehen, genau wie die Missbilligung der ganzen Welt, als CNN Bilder von Dorfbewohnern zeigte, die gegen die neue Zeltstadt protestierten und den Schnellbooten mit Hunderten Flüchtlingen an Bord die Einfahrt in den Hafen verwehrten.

»Die Welt empört sich über die mangelhaften Hygienebedingungen hier bei uns, als könnte man erwarten, dass Katria mit genügend Toiletten und Krankenstationen für diese Menge Leute ausgestattet ist«, erregte sich Dottor Basile bei den Journalisten, die ihm aber nicht zuhörten.

»Katria ist voller Fremder, für die alle hier aus der Ferne Mitleid empfinden, aber wer sagt uns denn, dass unter denen, die bei uns anlanden, nicht gefährliche oder schlechte Menschen sind, wie es sie überall geben kann, egal, ob wir weiß, schwarz oder gelb sind«, argumentierte Lehrer Pennisi, der am Boden zerstört war, weil seit Beginn des endlosen Flüchtlingsstroms niemand mehr das Meeresmuseum besuchte.

An dem Tag, als die Minister und der Präsident der Region kamen, waren im Identifikations- und Abschiebungszentrum von Katria eintausendsechsundneunzig Personen eingepfercht. Mittags wurden zweihundert davon in den Norden verbracht. Um vier Uhr nachmittags trafen wieder über dreihundert neue Flüchtlinge ein.

Der Innenminister, groß, kahl und mit Kuhaugen, sprach von den Stufen der Chiesa Madre aus zu den Leuten, die sich auf der Piazza versammelt hatten. Jeder merkte, dass er sich gegen die eigene Intelligenz mit Plattitüden zur Wehr setzte, die ihn von der Pflicht, selbst denken zu müssen, befreiten und alle Kräfte in vorgezeichnete Bahnen lenkten. Er sagte Dinge, denen niemand widersprechen konnte, dass die Rettung von Menschenleben und die Sicherheit des Landes oberste Priorität hätten, und entschied sich, nicht zu wiederholen, was alle wussten, weil es die Laune getrübt und noch mehr Pessimismus verbreitet hätte. Er sagte also nicht, dass gerade ein Massensterben im Gange war. Dass inzwischen mindestens tausend Menschen tot auf dem Meeresgrund lagen. Dass hier gegen jedes Recht und jede Logik gehandelt wurde. Dass die Menschenhändler ungestraft davonkamen. Dass die Situation für Katria, welches durch einen unglückseligen Zufall dazu bestimmt war, das Leid von wer weiß wie vielen Ländern und Völkern aufzunehmen, den Ruin bedeutete.

Der Minister erwähnte eine Lösung, an der man fieberhaft in fernen Büros in irgendeiner Stadt in Belgien arbeitete, in der ein Haufen besonnener und engagierter Beamte saß, die jedoch, aber das sagte er nicht, weder jemals auf Katria noch auf einem maroden und überfüllten Fischerboot gewesen waren. Man müsse die Ausreisen verhindern, verkündete er; müsse die Boote beschlagnahmen, meinte er weiter, und die Kontrollen verstärken, beendete er seine Rede.

Inmitten der versammelten Menge stand auch Nora, hörte ihm zu und dachte, dass man erst zu Feinden wurde, wenn man eine Grenze teilte, und dass das Meer zwar unsichtbare, aber dennoch vorhandene Grenzen hatte. Sie dachte, dass das Schicksal von Katria immer mehr dem der Flüchtlinge glich, die hierherkamen, von einer unerwarteten Wendung aus der Bahn geworfen, der man so ratlos, wehrlos, kraftlos ausgesetzt war.

Der Minister verabschiedete sich, sprach noch schnell ein paar Worte in irgendeine Kamera und nahm dann die letzte Fähre. So konnte er nicht mehr hören, was Don Tanino sagte, dem man zu diesem Anlass seinen Flechtstuhl auf die Piazza gestellt und der aufmerksam der Rede zugehört hatte.

»Die Welt besteht aus Menschen, die kommen, und Menschen, die gehen, und es wird der Moment kommen, an dem wir uns alle vermischen. Anstatt nicht mehr zu wissen, wer wir sind, werden wir deshalb nur etwas anderes sein«, verkündete er, doch seine Worte gingen im lauten Palaver der Menge unter und in einem so heftigen Niesanfall, dass er fast von seinem Stuhl gefallen wäre.

Lorenzo Matalotto und Gero Alcamisi kehrten vom Meer zurück, als die Piazza sich bereits leerte. Sie gingen in die Bar Campo, um eine Granita zu trinken, und fanden noch zwei Plätze neben Nora am Tisch nahe der Tür. Lorenzo fing an, ihr etwas zu erzählen, was sie nicht interessierte, das er aber loswerden musste, und zwar an sie, eine der wenigen, die ihm noch wirklich zuhörten.

»Ich wollte doch dem Minister sagen, dass er uns die Villa Filangeri für die Flüchtlinge geben soll, aber ich habe es nicht geschafft.«

»Du wirst es ihm sagen, wenn er wiederkommt.«

»Gero sagt, ich kann ihm eine E-Mail schreiben.«

»Prima Idee.«

Bisher hatten Gero und Lorenzo zweihundertzwölf Menschen gerettet. Zählte man die dazu, die Saro Vitale, Nicola Valenti und Agatino Spanò aus dem Meer gezogen hatten, kam man auf etwa tausend. Diese unfreiwilligen Helden erzählten von Leuten, die draußen auf dem Ozean trieben, seit Tagen nur an ein Stück Holz geklammert, von durch Stürme gekenterten Booten, von Schiffbrüchigen, die zu schwach waren, um an Bord zu klettern, und für die man ins Wasser springen musste, um sie herauszuholen.

»Zuletzt haben wir ein zwölf Meter langes Boot gesichtet, das vollkommen überfüllt war mit Menschen«, erzählte Gero Alcamisi. »Die Wellen waren acht Meter hoch, Raìs, und der Grecale blies heftig. Da das Tau kurz davor war zu reißen, haben wir sie nicht in Schlepp genommen, sondern sind neben ihnen gefahren und haben praktisch einen Schutzwall gegen den Wind gebildet. Ich habe Hilfe angefordert, aber es kam niemand, und ihr Boot war kurz davor zu sinken, deshalb haben wir gesagt, wir holen sie an Bord, Raìs, nur sind sie dann alle auf einmal aufgestanden und haben von hinten gedrängelt, sodass das Boot umgeschlagen ist und sie ins Meer fielen. Die, die nicht schwimmen konnten, haben sich an die anderen geklammert und sie mit in die Tiefe gezogen. Wir haben die Tauenden und die Rettungsringe ins Wasser geworfen, die Lorenzo genau für diesen Zweck gekauft hat. Vierzehn haben wir gerettet, Raìs, bei den anderen elf haben wir es nicht geschafft. Wir haben gesehen, wie sie ertranken, Raìs, sie ertranken, und wir konnten nichts machen.«

»Wann war das noch mal, Gero? Wann war es, jetzt sag schon? Da war etwas, das im Wasser schwamm, ich hab es für eine Boje gehalten«, fuhr Lorenzo fort, »als wir näher rankamen, sah es für mich eher aus wie eine Tonne, aber dann hob jemand einen Arm. Er hielt sich an einem Stück Holz fest. Gero, wann war das noch mal? Wir haben ihn gerettet, was, Gero?«

Nora kam es vor, als würde sich das Kind, das in dem Erwachsenenkörper von Lorenzo lebte, verändern. Er gehorchte den Gesetzen eines ganz persönlichen Wachstums, die nichts mit den allgemeinen Normen zu tun hatten. In seinem einfach gestrickten Denken existierten weder Lösungen noch Strategien, nur das Bedürfnis, einem Hilferuf Folge zu leisten.

»Wann ist die Verhandlung bei Gericht?«, fragte Nora Gero.

»In zwei Tagen machen sie mir den Prozess, Raìs. Gestern haben sie mein Boot beschlagnahmt, heute sind wir mit dem von Michele rausgefahren.«

»Schon wieder die gleiche Anklage?«

»Beihilfe von illegaler Einwanderung, wie bei den anderen Malen.«

»Wie wirst du dich verteidigen?«

»Wie bei den anderen Malen, Raìs. Ich werde sagen, dass ich lieber ins Gefängnis gehe, weil ich diese Menschen gerettet habe, als in der Hölle zu landen, weil ich weggesehen habe.«

Nora trank einen Schluck von ihrem leicht perlenden Wein.

Sie spürte, wie er ihr kühl die Kehle hinunterlief und die Anspannung des Tages löste. Der Innenminister, der Minister für Integration und der Präsident der Region waren genau in dem Moment gefahren, als Francesca an jenem Nachmittag ihren Laden für immer zumachte.

»Da jetzt keine Touristen mehr kommen, denen man etwas verkaufen kann, sollte ich mir etwas anderes einfallen lassen«, hatte sie mit einem Lächeln gesagt, während sie die unverkauften Kaftane und Halsketten in große Umzugskartons packte.

»Die bringe ich nach Trapani, dort will ein Laden sie für mich verkaufen. Wenn sie sie loswerden, kann ich vielleicht für sie arbeiten.«

Nora fand keine Worte, um sie zu trösten oder ihr Mut zu machen. Eine Woche davor hatte schon Peppe sein Restaurant geschlossen und die Kellnerin und den Hilfskoch entlassen.

Sie unterhielt sich noch eine Weile mit Gero und Lorenzo, dann verließ sie die Bar und ging nach Hause. Dort begrüßte Matteo sie mit einem zärtlichen schnellen Kuss auf die Stirn.

»Holt Saro dich hier ab?«, fragte sie.

»Nein, wir treffen uns an der Mole.«

»Ich bringe dir deine Brötchen.«

Matteo zog seine Öljacke an, nahm die Brötchen und seine abgenutzte Segeltuchtasche.

»Heute Nacht wollen wir Bernsteinmakrelen fischen. Etwa sechs Meilen vor der Küste, denke ich.«

Noras Blick folgte ihm die Straße hinab, inzwischen war es dunkel geworden. Er war einer der Stärksten von ihnen und würde nie aufgeben, dachte sie. Zusammen mit ihr hatte er Himmel und Hölle in Bewegung gesetzt, um die Genossenschaft zu retten, und schließlich mit erhobenem Haupt die Niederlage akzeptiert. Nun blieb ihnen nur übrig, in kleinem Rahmen zu fischen, mit Netzen und Reusen, damit man etwas zu essen und etwas zum Verkauf für den Fischmarkt hatte. Manchmal nahmen Saro und Matteo auch Urlauber von den benachbarten Inseln mit an Bord, um sich etwas dazuzuverdienen. Sie hatten deswegen eine Vereinbarung mit einem Zimmervermieter. Das alles würde nicht reichen, um ihr Haus zu behalten, aber vielleicht wenigstens das Boot.

Am frühen Morgen des nächsten Tages gingen in Katria zweihundert Flüchtlinge an Land. Auf dem Rückweg vom Bäcker, wo sie zum Frühstück frisch gebackenes, knuspriges Brot und die Cassatelle mit Ricottafüllung gekauft hatte, die Matteo so gern aß, kam Nora an der Mole vorbei. Während sie beobachtete, wie die Flüchtlinge das Schnellboot verließen, musste sie daran denken, dass die Insel zu einer Brücke geworden war, einer Brücke zwischen zwei Welten, einer Brücke, die aber mitten im Nichts auseinandergebrochen war, weder Anfang noch Ende hatte und nirgendwohin führte. Sie kam an der inzwischen verlassenen Fischfabrik vorbei und beschloss, sie zu betreten.

Sie lief durch die weiten, leeren Räume, wo alles wie um Jahrhunderte gealtert wirkte. Alles, was in Zukunft dort drinnen geschehen würde, wollte Nora nicht sehen, und trotzdem spürte sie es: die leeren Räume, die störende Neugier von Fremden, deren eilige Schritte auf den Balate, die am Ende doch getrocknet waren und damit den Tod über Don Tanino dei Tonni verhängten, der dann an einem Novembernachmittag mit hundertundzweiundzwanzig Jahren und zwölf Tagen sterben sollte.

Nora betrachtete die leer gebliebenen Dosen, die hohen Gewölbedecken, die blassrosa gesprenkelten Tuffsteinwände; wenn das Interview, das sie am Vortag auf der Mole gegeben hatten, erschien, würde sich vielleicht jemand ihrer Geschichte annehmen, aber sicher nicht ihrer tragischen Situation, die zu unbedeutend war im Verhältnis zu den anderen Tragödien, die sich dort gleichzeitig abspielten. Dennoch war hier ein Netz zerrissen worden und eine Kette, die Leuten ihren Lebensunterhalt gesichert hatten, die sich nun entscheiden mussten, ob sie von hier fortgehen oder lieber untergehen wollten. Sie hatte diese Niederlage nie an sich herangelassen, aber nun verlangte ihre eiserne Disziplin von ihr, dass sie sich der Realität stellte, wie sie war – brutal und schroff und schließlich ihrer Kontrolle entglitten.

Giuseppe Ribaudo sah den Raìs aus der verlassenen Fabrik kommen. Ihm fiel ein, dass er sie etwas fragen musste, aber er konnte sich nicht mehr erinnern, was genau, deshalb gab er es auf, trank einen Espresso in der Bar, nunmehr ohne Emanuele, der in den Norden gegangen war, und da der Amministratore nicht wusste, was er sonst tun sollte, ging er nach Hause.

Wind hatte sich erhoben, und die Baumkronen beugten sich in ihm, als würden sie ihm lauschen, als hätten sie seine Stimme nie zuvor bemerkt. Giuseppe Ribaudos Haus war ein weißer, einsam liegender Steinwürfel, von dessen Wänden Einsamkeit und Bedauern widerhallten. Weder Kreuzworträtsel noch Fernsehserien waren geeignet, seine leeren Stunden zu füllen. Er putzte seine Brillengläser und blätterte die inzwischen nutzlos gewordenen Kontobücher durch. Schlug Zeit damit tot, sich die roten und schwarzen Zahlen noch einmal anzusehen, die Jahre seines Lebens und seiner Mühen beinhalteten, und spürte, dass dies alles war, was von ihm bleiben würde, diesem schmächtigen, gewissenhaften Mann mit der Glatze und der Brille. Wenn das Schicksal einmal beschlossen hat, dass du nur ein pingeliger, kahler kleiner Mann mit Brille bist, kannst du dich auf den Kopf stellen oder dich noch so sehr anstrengen, sagte er sich, du kannst studieren, die Bilanzen aufgehen lassen, geniale Ideen im Kopf haben, du kannst sogar jemanden mitten auf der Piazza vergiften, vor aller Augen, und niemand wird davon wirklich beeindruckt sein.

Giuseppe Ribaudo nahm das Rätselheft wieder in die Hand und begann, ein Rätselgitter zu lösen. Er kehrte mit seinen Gedanken ständig zu den Ereignissen zurück, wie eine Fliege, die immer wieder gegen eine Fensterscheibe fliegt und nicht begreift, dass diese ein Hindernis ist, das nichts als den Blick auf den Himmel durchlässt. Wenn er überhaupt Reue empfand, dann, ohne sich selbst zu sehr zu verurteilen. Er war es nicht gewesen. Niemand war es gewesen. Es waren alle gewesen.

Jemand hatte sich an den Bremsen des Motorrads zu schaffen gemacht, jemand hatte das Gift besorgt, und noch jemand hatte es in das Gebäck getan, jemand hatte vorgegeben, er könne den Mandelgeruch von Zyankali nicht von dem nach Marzipan unterscheiden, noch jemand anderer war die Treppe der Villa hinaufgelaufen, jemand hatte das Fenster offen gelassen.

Über all das hatten sie auch untereinander geschwiegen, denn das wichtigste Wort ist das, welches ungesagt bleibt, und das Schweigen die letzte Zuflucht der Unsicheren. Wer davon wusste und auch nur, wer etwas ahnte, hatte geschwiegen und keinerlei Bedürfnis verspürt, der Sache auf den Grund zu gehen, denn die Wahrheit war nicht immer so wesentlich oder bedeutend, wie man dachte. Alle hatten das Gefühl gehabt, Gott habe verstanden oder ihnen vielleicht sogar verziehen, und die Gewissheit, dass es in der ihnen noch verbleibenden Zeit keine anderen Sünden mehr zu beichten gäbe. Sie hatten ihrem kleinen, unberührten Universum ein Opfer dargebracht und ebenso den Göttern, deren Namen sich im Lauf der Jahrtausende verloren hatten, aber es war vergeblich gewesen. Katria stand kurz vor dem Zusammenbruch, und somit wäre alles dennoch zu Ende.

Giuseppe Ribaudo entkorkte eine Flasche Rosé und schaltete das Radio ein. Er vertrug keinen Wein. Beim vierten Glas fragte er sich, welcher Gott ihn wohl mit einer so tiefen inneren Ruhe bedacht hatte, mit einer Gelassenheit des Geistes, die nicht einmal vier Morde stören konnten.

2012

Nora stand im Baglio, hinter sich die Wand mit den Gedenktafeln. Hörte schon das aufgeregte Gemurmel und das Handyklingeln, das die Touristen ankündigte. Es lief immer gleich ab. Zunächst ein Gang durch den Baglio und das Vorlesen der wichtigsten Gedenktafeln, und zwar der, auf denen die Zahl der Thunfische am höchsten war und die immer erstaunte Kommentare hervorriefen. Dann die Höfe und die Innenräume.

Der Thunfischschwarm ist eine fast lautlose Masse, ein Beben, das Ohren wie Seele wahrnehmen, eine versunkene, unterdrückte Gewalt, die kurz davorsteht, auszubrechen. Ich spüre, wie er sich unten im Meer bewegt, und weiß schon, welche Richtung er einschlagen wird.

Die Touristen fotografieren die Tafeln, dann laufen sie um das Gebäude herum, im Schatten der vier hohen Schornsteine, die sich scharf vor dem blitzblauen Himmel abheben. Sie bleiben vor den Schlachthaken stehen, an denen die Thunfische früher zum Ausbluten aufgehängt wurden, damit ihr Fleisch besser wurde.

Nora ließ ihnen allen genug Zeit, um die üblichen Bilder zu machen, dann führte sie die Fremden nach drinnen, wobei sie sie ermahnte, hintereinander in einer Reihe hineinzugehen und die

Netze, Dosen und Gaffhaken nicht anzufassen. Nachdem sie den ersten Raum hinter sich gelassen hatten, führte sie die Touristen zu der Miniaturansicht, die Francesca in zwei Monaten geduldiger und passionierter Arbeit geschaffen hatte. Sie stand in einer Tuffsteinnische und zeigte die Tonnara in Erwartung des Fangs, die im Viereck angeordneten Boote, die verankerten Netze, die Muciara des Raìs in der Mitte wie das Podium eines Dirigenten.

Das war unser Leben, als wir die waren, die wir sein sollten. Ich kann mich nicht an das hier gewöhnen, jeden Tag sage ich mir, es ist das letzte Mal, aber dann komme ich doch wieder her, weil ich meine Wohnung behalten, morgens und abends etwas essen muss und ja nichts Schlimmes dabei ist, Touristen durchs Museum zu führen. Dass ich der Raìs war, erzähle ich ihnen aber nicht, ihre ungläubigen Blicke würden mich zu sehr schmerzen. Nun, da alles zu Ende ist, habe ich unglaublich viel Platz in mir, eine Freiheit, die ich ausfüllen muss. Ein Gespenst in den Überresten einer verlassenen Fabrik, genau, das ist alles, was von mir bleibt, aber ich spüre noch die Bewegungen der Schwärme, höre die Cialome, weiß, woher der Wind weht und wohin das Öl fließt, das wir gerade ins Wasser gegossen haben, und ich richte meinen Blick auf diese Stadt aus versenkten Netzen, umgedrehte Hochhäuser, die nach unten in die Tiefe ragen, wo das Licht immer schwächer wird. Ich spüre die verzweifelte Wut der Thunfische, die sich wehren, wir gegen sie und sie gegen uns, und schließlich löst sich ihre Wut in nichts auf.

Die Touristen folgten Nora in den größten Raum, der zunächst noch im Dunkeln lag. Als sie ihn betraten, schalteten sich riesige Bildschirme ein, die hochkant an den Wänden leuchteten wie Fenster in einem Kirchenschiff. Auf jedem erschien ein Tonnaroto, eine alte Frau, ein bekanntes Gesicht der Insel, die ihre eigenen Geschichten erzählten. Sie wirkten wie Geister, die von einer hartnäckigen Erinnerung heraufbeschworen wurden, und ihre Stimmen vermischten sich unablässig miteinander in einem dissonanten, hypnotischen Singsang.

Don Tanino saß auf seinem gewohnten Flechtstuhl und deklamierte Sprichwörter, während Nicola Valenti erklärte, wie man die Reusen repariert, und Donna Vincenza erzählte, wie schwierig es war, von Hand die richtige Menge Öl in die Dosen zu füllen, ohne sich den Kittel zu beschmutzen. Donna Teresa trug ein Kopftuch, das sie im Nacken verknotet hatte, und erzählte, wie die Boote ankamen und man sie im Hafen erwartete. Nora schien es, als sähe sie sie direkt vor sich, wie sie mit ihren Nachbarinnen vor dem Fensterladen saß, während der Wind die zum Trocknen aufgehängte Wäsche aufblähte.

Ich erkenne ihre Stimmen, auch die vom Raìs, mit ihrer leichten Rauheit wie das Rauschen des Meeres. Er verbirgt sich zwischen diesen Bildschirmen, diesen emotionalen Filmen, die bei den Touristen so gut ankommen.

»Nora, jetzt weißt du, wann man das Netz hochholen muss und wann es Zeit ist, aufzugeben«, sagt der Raìs zu mir.

Einige Touristen stellten Fragen, ein paar kleine Jungen, die von dieser Art Hologrammen fasziniert waren, streckten die Hand aus, um sie zu berühren.

»Wer sind diese Leute, Nora, was wollen sie hier?«, fragt mich Raìs, dabei wirkt er erschöpft und zerzaust. Ich begreife, dass er mich gleich nach der Legende von Katria fragen wird, wissen will, ob sie mit mir gestorben ist, wie es von Anfang an bestimmt war.

Die Touristen hatten sich um den langen Tisch mit den Konservendosen aus Blech versammelt. Nora zeigte ihnen das Wappen der Filangeri, den Löwen mit dem Schwertfisch im Maul.

»Und wenn jetzt alles zu Ende ist, dann war es das nicht wert, Nora. Vier Menschen. Wusstest du davon? Hast du es begriffen und dich ahnungslos gestellt? Oder hast du vielleicht unbewusst den Befehl dazu gegeben, ein Wort zu viel, ein Blick, der länger als nötig auf jemandem geruht hat?«

»Ich weiß es nicht, Raìs. Ich war doch nie frei, und nie frei zu sein kann einen böse werden lassen, oder fanatisch, wenn dir dieses Wort lieber ist.«

Ein Mann in einem T-Shirt mit dem Logo einer Fast-Food-Kette und einem Baseballcap auf dem Kopf stellte ihr eine belanglose Frage. Nora antwortete mit einem müden Lächeln. Sie hatte keine Lust, Fremden die Welt zu zeigen, die sie verloren hatte und die nun in ein Museum passte. Nein, sie hatte überhaupt keine Lust dazu.

Ich wäre gern woanders, würde gern eine andere Form von Leben sein, vielleicht ein Holzwurm im Rumpf eines Fischerbootes, und würde die Welt von dieser Warte aus betrachten, satt und zufrieden. Raìs versucht, sich zwischen den Touristen unsichtbar zu machen, aber er überragt immer noch alle, und sein Haar ist immer noch blond und voll. Ich spüre seinen Blick wie eine leichte Liebkosung auf meiner Stirn.

Der Klingelton eines Handys schrillte laut wie ein Alarm. Eine extrem schlanke Frau ging sichtlich peinlich berührt ran und versuchte, den Anrufer am anderen Ende der Leitung abzuwimmeln, aber der ließ nicht locker.

Raìs ist verschwunden. Ich suche ihn zwischen der Muciara und einer Vinturera, die dort mit den Netzen, den Schwimmern und den Gaffhaken ausgestellt sind, damit sie sich auf den Fotos noch besser machen. Ich suche ihn bei der großen Waage, die inzwischen etwas Rost angesetzt hat. Suche ihn zwischen den riesigen Töpfen, in denen früher der Thunfisch gekocht wurde und in die die Touristen jetzt neugierig ihre Nasen stecken. Ich suche ihn im Kindergarten der Tonnara, wo die Arbeiterinnen während der Schicht ihre Kinder ließen. Bis ich ihn endlich finde.

Er beugt sich aus der Muciara heraus, sieht auf den Meeresgrund, in den Händen hält er eine Harpune und ein Senkblei.

»Wenn die Kette reißt, wird die Insel untergehen, Nora«, erinnert er mich, und ich denke, dass sie schon gerissen ist, aber die Insel immer noch existiert, und wenn sie im Meer versinken wird, dann aus anderen Gründen. Und dass Disziplin und Begabung machtlos gegen das Unglück oder den Zufall sind. Nun bin ich wieder auf der Muciara, zusammen mit ihm, und das Holz unter meinen bloßen Füßen fühlt sich angenehm kühl an.

»Pass auf, Nora, vergiss jetzt alle Geschichten, die du gehört hast. Was, wenn sie schrecklich übertrieben sind? Was, wenn nichts anderes als Zufall und Glück die Dinge lenken?« Ich weiß nicht, was ich antworten soll, ich weiß nicht einmal, ob da wirklich Raìs zu mir spricht oder ob es meine eigenen Gedanken sind, die unaufhörlich um mich herumschwirren.

Ein kleiner Junge versuchte, in die Vinturera zu steigen, Nora hielt ihn mit einer entschiedenen Geste auf. Seine Mutter zog ihn am Ellenbogen zurück und murmelte eine Entschuldigung. Neben der Muciara und der Vinturera war noch eins der behelfsmäßigen Boote ausgestellt, die die Unglücklichen benutzt hatten, um bis nach Katria zu kommen, ein kleines Motorboot, dessen Vorderteil beim Aufprall auf einen Felsen auseinandergebrochen war. Ein Boot für acht Personen, auf dem vierzig gereist waren.

»Jetzt fischt man Menschen, Nora. Die, die man noch rechtzeitig retten kann. Was wirst du jetzt tun?«, fragt Raìs.

Ich möchte ihm sagen, dass er sich meinetwegen nicht sorgen muss. Dass dies hier nun eigentlich mein Platz ist und dass ich mich ganz gern zwischen den Netzen und den Booten aufhalte, wie jemand, den man enterbt hat und der jetzt das bewacht, was man ihm genommen hat, ohne zu wissen, wem es einmal gehören wird. Das würde ich ihm sagen, wenn die Touristen jetzt nicht immer mehr Fragen und die alle gleichzeitig stellen, nicht zwei Handys schrill klingeln und ein kleines Mädchen wütend brüllen würde.

»Selbst wenn du gewusst hättest, dass wir in jeder Beziehung verlieren würden, hättest du doch trotzdem gekämpft«, möchte ich ihn eigentlich fragen, aber ich entscheide mich dagegen. Es sieht aus, als wollte Raìs sich jetzt verabschieden. Als würde er hinaus zum Horizont blicken. Als wolle er sagen: »Ich verlasse diesen Ort. Und ich werde nicht zurückkehren, denn ich verstehe jetzt, was ich wissen musste.«

Und er kneift die Augen zusammen, als würde ihn das Licht blenden.

Nora schaltete den Monitor für den Dokumentarfilm ein. Die Touristen setzten sich auf die Bänke und sahen sich gebannt eine Vergangenheit an, die sie in gewisser Weise auch als ihre empfanden. Sie wirkten ermüdet durch die Anrufe und die Nachrichten, die sie überall erreichten, hässlich durch die zeitgemäße, bequeme und praktische Kleidung, bar jeder Schönheit. Manche schienen sich unbehaglich zu fühlen, andere hatten die tiefe und endgültige Melancholie dieses Ortes aufgenommen oder atmeten heftig, als würde etwas Aufsehenerregendes passieren, doch in allen Augen stand Verzauberung.

Alles hier um mich erinnert mich daran, wer ich war, aber jetzt bin ich nichts mehr. Stimmen dringen zu mir, eine stimmt eine Cialoma an, eine jammert über die sengende Sonne, und eine dritte erzählt meine Geschichte. Sie beginnt am Ende, rollt die Geschichte von hinten auf. Sie erzählt, dass ich einen Fluch mitbrachte, der trotz aller Anstrengungen schließlich über die Insel gekommen ist. Denn Legenden lassen sich nicht durch Tricksereien und Kniffe beeinflussen. Sie erzählt, dass ich in einer Winternacht anstelle eines anderen kam und dass man das Schicksal erzwingen wollte, indem man mir eine Aufgabe übertrug, die nicht meine sein durfte. Ich höre sie bruchstückhaft, während andere Geschichten beginnen und enden und die von den Geschichten gebannten Touristen sich zwischen Gesichtern und Gesten und in dem vollkommenen Zusammenklang der Erinnerung anderer verlieren.

Der erste Filmabschnitt stammte aus den Dreißigerjahren des vergangenen Jahrhunderts, dort sah man Don Tanino dei Tonni, noch schön und stark, wie er zentnerschwere Thunfische aufspießte und sie ins Boot hievte, als wären es Zackenbarsche.

Ich würde ihnen jetzt gern erzählen, wie leer und ausgebrannt man sich nach der Mattanza fühlt, wie der Geruch nach Blut in der Nase sticht, darüber, wozu man in der Lage ist, um das zu bewahren, was man liebt. Ich möchte es ihnen erklären, möchte ihnen sagen, wie es wirklich war, allem in gewisser Weise einen Sinn geben.

Aber ich sage nichts.

Sehe mir, wie sie, den Dokumentarfilm an.

Ich begleite sie zum Ausgang.

Nun bin ich nichts mehr.

Skizze TONNARA

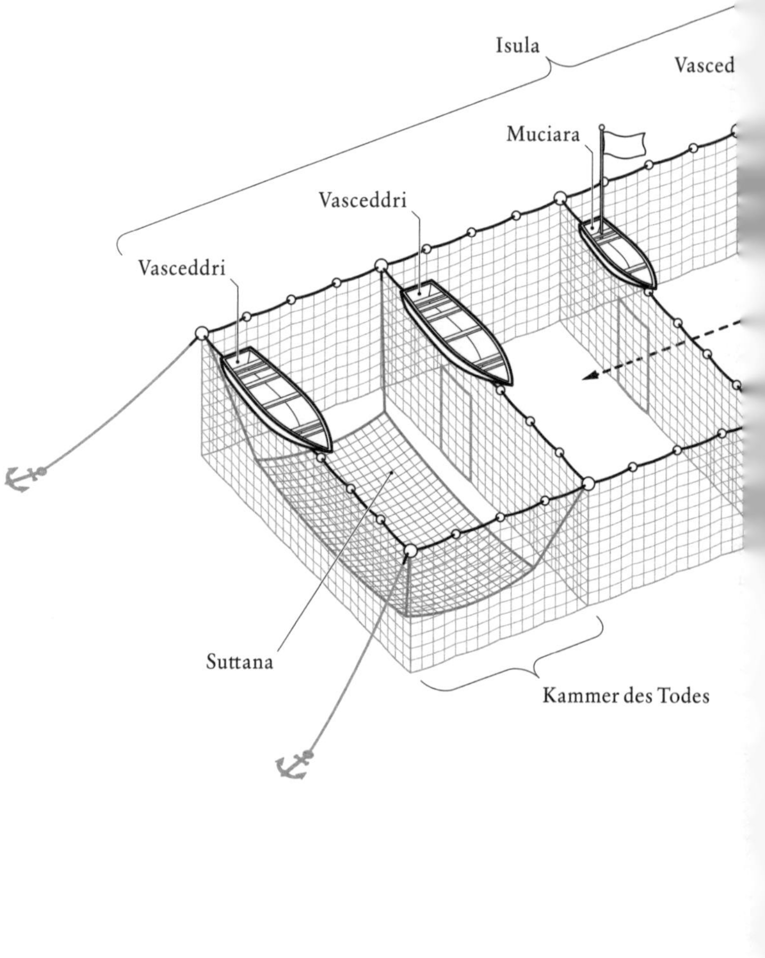
Isula
Vasced
Muciara
Vasceddri
Vasceddri
Suttana
Kammer des Todes

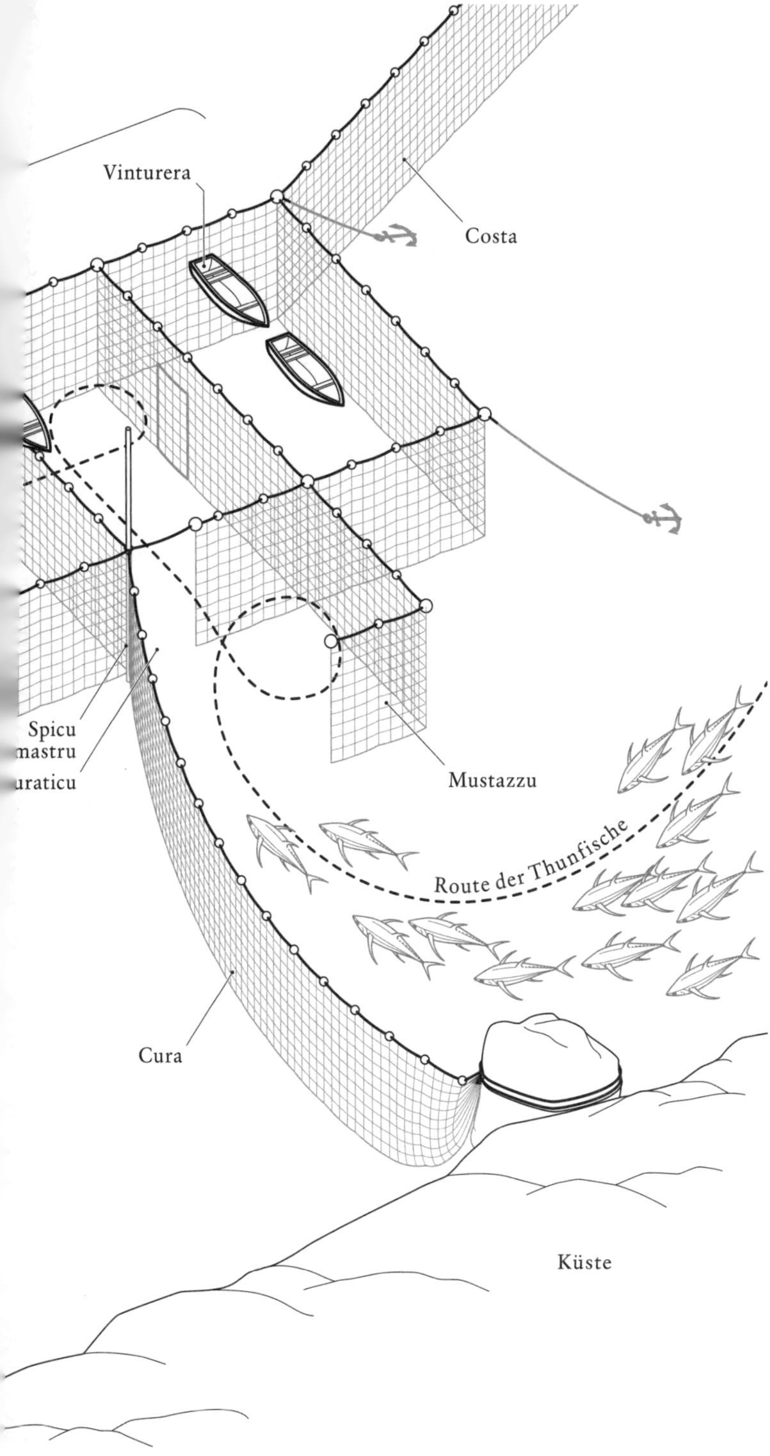
Vinturera
Costa
Spicu
mastru
uraticu
Mustazzu
Route der Thunfische
Cura
Küste

»Nina Polak überzeugt durch Stil, Witz und einen ganz eigenen Blick auf ihre Generation. … Ein großartiges Buch.« *De Volkskrant*

Nach sieben Jahren auf See landet die 30-jährige Skip wieder in Amsterdam, wo sie sich ihrer Vergangenheit, neuen Herausforderungen und schließlich einer existenziellen Entscheidung stellen muss. Nina Polaks sympathische Antiheldin beweist ein untrügliches Gespür für die Widersprüche unserer Zeit: die Kluft zwischen Arm und Reich, Fremdheit und Zugehörigkeit, analoger und digitaler Welt, Bindung und Freiheit. Skips Geschichte wirft die Frage auf, ob es so etwas wie Heimat geben kann – und ob wir sie überhaupt brauchen.

»Ein unfassbar schönes Buch. Es swingt und funkelt und ist so voller Leben, dass einem erst allmählich auffällt, wie nahe einem die Geschichte geht.« *De Standaard*

Nina Polak
ZUHAUSE IST EIN
GROSSES WORT
Roman
Aus dem Niederländischen
von Stefanie Ochel
272 Seiten,
gebunden mit Schutzumschlag
und Lesebändchen
€ 23,– [D]
ISBN 978-3-86648-668-3

»Ein starkes Buch über die Demenz
einer Mutter und die Liebe ihrer Tochter.«
The Washington Post

Nach und nach verliert Alice ihr Gedächtnis, bis sie irgendwann nicht mehr ihre Bahnen im geliebten Schwimmbad ziehen kann. Während sie sich und der Welt zunehmend abhandenkommt, versucht ihre Tochter, Erinnerungen festzuhalten und sich so ihrer Mutter anzunähern – sowie der Frage, was ein Leben ausmacht.

»Mit scharfsinniger Charakterzeichnung und originellen Beobachtungen erzählt Otsuka diese Geschichte leise, aber auch voller schwarzem Humor.« *Spectator*

Julie Otsuka
SOLANGE WIR SCHWIMMEN
Roman
Aus dem amerikanischen Englisch
von Katja Scholtz
160 Seiten,
gebunden mit Schutzumschlag
und Lesebändchen
€ 20,– [D]
ISBN 978-3-86648-691-1